국제보석감정사 이승규가 전하는 '인생 감정' 리포트

사실, 당신이 보석입니다

이승규 지음

사실,
당신이
보석입니다

초판 1쇄 발행 2020년 8월 15일
지 은 이 이승규
발 행 인 권선복
편   집 유수정
디 자 인 오지영
전 자 책 서보미
발 행 처 도서출판 행복에너지
출판등록 제315-2011-000035호
주   소 (07679) 서울특별시 강서구 화곡로 232
전   화 0505-613-6133
팩   스 0303-0799-1560
홈페이지 www.happybook.or.kr
이 메 일 ksbdata@daum.net

값 15,000원
ISBN 979-11-5602-830-7   (03800)

_____님께

당신은 저에게 보석 같은 사람입니다.
당신은 저에게 소중한 사람입니다.

_____ 드림

2장 인생의 벽은 뚫으라고 있는 것이다

3장 불리한 상황은 명품 리더를 위한 최고의 선물이다

4장 마음을 다해 마음을 얻으면 하늘이 돕는다

5장 사실은 당신이
보석이었습니다!

꿈을 통해 인생을 보석처럼 다듬어 간다!

　시골 중학교에 다니던 2학년 때의 일이다. 어느 날 영어선생님께서 내게 "교내 영어암송대회 나가보면 어떻겠니?"하고 물어오셨다. 지금도 그날의 기억이 생생하다. 겨우 몇 백 원 정도 하던 학교 '육성회비'조차도 내지 못할 만큼 집안형편이 어렵던 때였다. 집안의 가난을 부끄러워하던 내가 선생님의 질문 한마디를 시작으로 영어공부에 몰입하게 되었다. 이후로 영어는 내 인생을 반전시켰다. 영어에 능통해진 나는 미국보석학회 연수에 극적으로 선발되어 국제보석감정사가 되고 대기업 임원이 되었으며 세계최고 보석상과 면세점의 한국대표가 될 수 있었다.

　살다보면 어느 지점에서 이르러선 개인의 순수한 의지나 노력만으로는 얻을 수 없는 것들이 있다는 것을 깨닫게 된다. 대표적인 예를 들자면 '출생환경'이 그렇다고 볼 수 있겠다. 사람은 자신이 태어났을 때의 상황을 선택할 수 없다. 부모도, 가정환경도, 사회분위기도 자신의 뜻과는 무관하게 주어지는 것이다. 그것은 불가피한 종류의 것이다. 사람들은 이것을 '운명'이라고 부르기도 한다. 인생의 시작점에서 주어진 이 환경이 비참하고 빈곤하다고 여겨질 때, 자칫 자신의 운명을 비관한 나머지 희망도 없이 무기력하게 살기 쉽다.

이렇듯 출생환경이란 내가 선택할 수 없는 종류의 것이다. 하지만 '꿈'은 내가 선택할 수 있다. 일단 꿈을 품고 매일 그 꿈을 그리면서 살게 되면 바로 그 꿈이 내 인생의 큰 원동력이 되기도 한다. 초라한 원석에 불과했던 나의 인생이 꿈을 통해 찬란한 보석이 되는 기회를 맞이한다. 꿈을 찾은 나는 내가 설계한 방향을 따라 나 자신을 깎기도 하고 다듬어 간다.

나는 대학교 입학금도 제대로 마련하기 힘든 상황이었지만 어떻게든 공부하면 길이 있을 것이라 믿고 언젠가 미국 유학을 꿈꾸며 주어진 하루에 최선을 다했다.

인생은 내가 전혀 예상하지 못한 사람과 과정을 통해서, 내가 전혀 알지 못했던 시간에 그 꿈을 이루게 해주었다. 돌이켜보니 꿈이 없었다면 아마도 그런 사람들을 만나지 못했을 것이고 그런 과정도 접할 수조차 없었을 것이다.

처음에는 사람이 꿈을 꾼다. 그러나 일단 꿈을 품고 나면 그 꿈을 품고 주도해가는 것은 바로 나 자신, 즉 사람이다. 사람이 꿈을 이끌고 가는 것이다.

나는 최고의 호텔에서 직장생활을 시작했다. 하지만 그곳은 내가 원하지 않았던 곳이다. 꿈을 향한 롯데월드로의 이직은 내가 원하지 않은 면세점이었다. 하지만 나의 꿈을 펼칠 수 있는 계기를 마련해주었다. 내가 온몸으로 배운 영어를 통해 국제보석감정사가 될 수 있었다. 지나온 세월을 되돌아보면 많은 위기가 있었고 그때마다 나의 꿈은 내게 위기를 헤쳐 나갈 지혜와 의지를 주었다. 그 과정에는 목숨을 잃을 수도 있는 암과 같은 수차례의 치명적 질병도 있었지만 꿈은 나의 인생을 지켜주었다.

그리고 마침내 국제보석감정사로소 영광스럽게도 세계 최고의 보석 그라프GRAFF와 세계 최고의 면세점 듀프리DUFRY의 초대 한국 대표가 될 수 있었다.

삶의 위기를 버티고 이겨낸 나의 작은 경험들이 후배들에게 조금이나마 유익한 삶의 지침서가 되었으면 한다. 그동안 살아오면서 겪은 험난한 경험과 도전들이 누군가에게 삶의 참고서가 되고 열쇠가 된다면 좋겠다. 그들이 나의 이야기를 통해 삶의 열정과 용기를 얻었으면 하는 바람이다. 아무리 열악하고 불리한 상황이더라도 절대로 꿈을 포기하지 않고 꿈을 향해 나아갈 수 있는 열정과 용기 말이다.

자동차를 사용한 지 오래 되면 튜닝이 필요하다. 마찬가지로 인생에도 튜닝이 필요하다. 여기서 중요한 것은 튜닝을 해야 할 시기를 놓치지 않는 것이다. 살다 보면 누구에게나 어려운 순간 혹은 도약을 꿈꿔야 할 순간이 찾아오길 마련이다. 그런 순간을 맞닥뜨린 분들, 이를테면 '인생의 벽 앞에 선 분, 취업을 앞둔 분, 직장인의 길을 걷는 분, CEO를 꿈꾸는 분'들. 이런 분들에게 이 책이 좋은 보탬이 되기를 바란다. 그들의 삶에 어느 날 다가온 고독과 역경을 이겨내는데 이 책이 감동을 주며 동기부여가 되기를 진심으로 소망한다. 인생의 튜닝을 해야 할 시기에 이 책이 공감되고 힘과 위안이 될 수 있으면 좋겠다.

이 책을 쓰면서 오늘의 내가 있기까지 많은 조언과 물심양면으로 보살펴주신 많은 소중한 분들에게 감사의 마음을 전한다.

롯데면세점이 해외 명품 보석 사업을 추진하신 회장님의 통찰력에 존경을 표한다. 특히 미국보석학회 연수에 부족한 나를 선발하셨고 명품 보석 유치를 위한 출장에 동행하시면서 세상을 몸소 체험하게 하신 신영자 사장님, 그리고 장경작 사장님, 신동립, 최영수, 이원준 대표님과 롯데면세점 임직원에게 진심으로 감사의 마음을 드린다.

특히 4남매의 등록금을 마련하기 위해 평생 고생만 하신 부모님, 내가 힘들 때마다 좌절하지 않고 힘을 준 보석 같은 아내와 두 딸, 삶의 지혜를 일찍 깨우쳐 주신 장인, 장모님. 재수 시절 절체절명의 죽음의 문턱에서 헤매었던 나를 발견하여 오늘의 내가 있게 한 누님에게 감사한 마음을 전하고 싶다. 그리고 하나님께 무한한 감사를 드립니다.

찬란한 보석도
처음엔 초라한
원석이었을 뿐이다

BTS 방탄소년단의 노래를
카세트 테이프로 들을 수 있다면

어머니 아픈 신음 소리에 삶의 결의를 다지다

얼마 전 놀라운 소식을 들었다. K팝 그룹 방탄소년단(이하 BTS)의 신곡 '온'이 미국 빌보드 메인 싱글 차트인 '핫 100' 4위에 올랐다는 것이다. 나는 어려서부터 영어를 좋아해 팝송을 들으며 자랐다. 그래서 미국의 '빌보드 차트'의 의미를 잘 알고 있다. 내가 자랄 때만 해도 대한민국 가수가 빌보드 차트에 진입한다는 것은 생각조차 하기 힘들었다. 그런데 메인 싱글 차트인 '핫 100'에서 4위에 오르다니! 사실 이것은 옛날 생각하면 기적이나 마찬가지다. BTS는 정말 자랑스러운 우리의 보석이다.

지금은 BTS의 음악을 음원을 통해서 제일 먼저 듣고 그 다음 뮤직비디오를 보면서 즐긴다. 내가 자랄 때만 해도 음악은 라디오나 TV를 통해서 들어야 했고 개인적으로 좋아하는 음악을 들으려면 '카세트 테이프'가 있어야 했다. 나에게는 이 '카세트 테이프'에 대한 가슴 아린 추억이 있다.

나는 중학교 때 영어에 몰입해 있었다. 다른 과목은 몰라도 영어에서는 최고가 되고 싶었다. 그래서 정말 열심히 공부했다. 당연히 영어학원도 다니고 싶었다. 하지만 우리 집 형편은 학원비를 댈 수가 없었다. 부모님은 4남매의 학교 등록금을 대기도 버거우셨기 때문이다. 새벽부터 하루 종일 들판에서 일을 하고 소나 돼지를 키우고 해도 손에 쥐는 돈은 몇 푼 되지 않았다. 아버지는 후에 가끔 말씀하시곤 했다.

"너희들 등록금을 마련하기 위해 키우던 소를 팔 때가 여러 번 있었지. 그러면 소 장수가 와서 소를 끌고 간단다. 그런데 글쎄 그 말도 못하는 소가 길 모퉁이를 돌면서 우리 집 쪽을 돌아보며 눈에 눈물이 그렁그렁 하는 거야. 아이구! 그 눈을 보는 순간 내 눈에서도 눈물이 쏟아지면서 가슴이 미어졌단다."

영어학원을 다니고 싶었지만 그럴 수 없었고, 카세트 테이프라도 있으면 마음껏 영어 듣기 연습도 하며 팝송도 듣고 싶었지만 차마 입이 떨어지지 않았었다. 그런데 어느 날 어머니가 날 부르셨다.

"승규야, 이걸로 네가 사고 싶어 하는 카세트 테이프를 사렴." 그렇게 말씀하시면서 명주천으로 꽁꽁 싸매어져 있는 무언가를 내미셨다.

"이게 뭐예요? 엄마?"

"응. 그거 금반지란다. 엄마가 한동안 부었던 곗돈을 타서 산 건데 이거 팔아서 카세트 사고 열심히 공부 하렴!"

순간 나는 뭐라 표현할 수 없는 감정이 북받쳐 아무 말도 할 수 없었다. 무슨 말을 해야 할지도 몰랐다. 감사하다는 말씀을 드려야 하는데 입 밖으로 나오지 않았다.

'엄마는 저 금반지를 사기 위해 얼마나 많은 고생을 하셨을까. 한 달 한 달 곗돈을 부으시며 저 금반지를 사서 손가락에 끼울 날을 생각하며 참고 참고 또 참으셨을 텐데….'

나는 엄마가 하나밖에 없던 금반지를 팔아 준 돈으로 그 당시 유명했던 일본산 카세트 테이프를 장만했다. 그리고 그 테이프로 영어를 녹음하여 듣고, 듣고 또 들었다. 영어 대화를 듣다 지치면 영어 음악을 들었다. 그러다 보니 나중에는 영어를 들으며 우리말로 번역을 하지 않아도 저절로 이해가 되었다. 결국 이렇게 익힌 영어가 나의 꿈을 이루어 주었다.

그 카세트 테이프로 영어를 들을 때 내 귀에는 밤마다 허리가 아파서 "아이고 허리야. 아이고 허리야." 하셨던 엄마의 신음소리도 같이 들렸다. 나는 그 소리를 들으며 다짐하고 다짐했다.

'반드시 영어를 잘해내어 성공해서 엄마를 편하게 모셔야지!'

　지금 돌아보니 내가 백만장자가 되어 어머니에게 좋은 집을 지어 주지는 못했지만 그래도 영어를 어느 정도 잘해서 세계 최고 보석상과 면세점의 한국 대표가 되어 어머니에게 자랑스러운 아들이 될 수 있었던 것은 어린 시절 들었던 엄마의 아픈 신음을 기억하며 열심히 살겠다는 삶의 결의를 다졌기 때문이라는 생각이 든다.

　'방탄소년단의 노래를 카세트 테이프로 들으면 얼마나 좋을까.' 말도 안 되는 상상을 해본다.

흙먼지를 날리던 시골고향이
세계를 꿈꾸게 하다

"어렸을 적 영화 공부를 할 때 가슴에 새겼던 말이 있다. '가장 개인적인 것이 가장 창의적인 것'이라는 말이었다."

대한민국과 세계를 깜짝 놀라게 하며 아카데미상 4관왕을 수상한 봉준호 감독이 오스카 작품상을 받은 후 했던 수상 소감이다. 그는 이 수상 소감으로 다시 한 번 그 날 모인 배우들과 전 세계 시청자들을 감동시켰다. '가장 개인적인 것이 가장 창의적인 것'이라는 말은 그날 봉준호 감독과 함께 작품상 후보에 올랐던 마틴 스콜세지Martin Scorsese감독이 남긴 말이었다. 이날 봉 감독은 멋지게 자신을 자랑할 수 있는 자리에서 객석에 앉아 있던 마틴 스콜세지를 가리키며 그에게 존경심을 표현하는 겸손한 멘트로 오히려 거장의 흔적을 드러냈다.

세계지도를 펼치면 제대로 찾기도 힘든 대한민국이라는 땅덩어리에서 벌어진 한 개인의 일을 소재로 만든 영화가 세계 최고 권위의 아카데미상을 4개씩이나 거머쥐리라고 누가 상상이나 했겠는가. 가장 개인적인 것이 가장 창의적인 것이 될 수 있듯이 가장 지역적인 것이 가장 세계적인 것이 될 수 있다.

내가 살던 지역은 시골이다. 어릴 적 시골 길은 포장도 되어 있지 않았다. 저 멀리 버스 한 대가 달려오면 마치 헐리우드 서부영화의 총잡이들이 사막을 가로질러 말을 타고 달려올 때 피어오르는 먼지처럼 흙먼지가 자욱하게 날리곤 했다. 버스가 정류장을 떠나 다시 흙먼지를 피우며 출발할 때면 그 버스 뒤를 따라 전속력으로 뛰어가며 버스 따라잡기 놀이도 했다. 어린 나이였지만 '나도 언젠가 저 버스를 타고 좀 더 큰 세상으로 달려가야지!'하는 마음을 먹곤 했었다. 어느 곳에도 화려한 빌딩이나 멋스런 사람들은 볼 수 없었지만 그것이 오히려 더 넓은 세상에 대한 꿈을 꾸게 해주었다.

그 당시 우리 집에는 아직 전기도 들어오지 않아 호롱불 아래에서 책을 볼 수밖에 없었다. 누가 숨만 좀 크게 쉬어도 불꽃이 흔들리며 곧 꺼질 것 같은 호롱불에서 책을 보았기에 더 간절하게 책에 집중했다. 세상의 칼바람에 자칫 금방 끊어질 듯한 인생의 위기를 여러 번 맞닥뜨리면서도 다시 오뚝이처럼 일어설 수 있었던 것은 마음속 깊은 방 한편에 계속 타오르고 있던 호롱불 덕분이라는 생각이 든다.

여름이면 저녁에는 온 식구들이 마당에 멍석을 깔고 함께 모여 쑥을 태워 모기를 쫓으며 옥수수와 감자를 먹었다. 지금처럼 온갖 맛있는 양념이 들어간 피자나 치킨을 먹은 것도 아닌데 그때는 왜 그리 맛있고 행복했는지. 그렇게 먹다가 벌러덩 누워 하늘을 보면 까만 밤하늘에는 수많은 별들이 반짝반짝 자기 빛을 뿜어내면서 빛나고 있었다. 어떤 별이 내 별일까 찾다 보면 어느새 잠이 들곤 했다. 내가 지금 우리 아이들과 주전부리를 먹으며 이야기하는 것을 좋아하고 별을 보며 함께 걷는 것을 즐기는 것은 그때 그 추억들이 이어진 것이리라. 그 추억들 덕분에 가족을 더욱 더 소중히 여기는 사람이 될 수 있었으리라.

출신 지역이 별 볼 일 없고 가난한 집에서 자랐다고 해서 인생 전체가 별 볼 일 없게 되는 것은 아니다. 나는 그렇게 흙먼지 피어나는 시골에서 자랐기에 더 큰 세상을 선망하며 꿈꿀 수 있었다. 미국까지 유학을 가 최고의 보석 다이아몬드를 감정할 수 있는 국제보석감정사가 될 수 있었다. 화려한 도시에서 자라나 이미 세련됨과 복잡함에 익숙해져 더 큰 세상에 대한 기대가 없었다면 나는 지금도 꿈에 대한 설렘을 잃은 채 무기력한 일상을 살고 있을지 모를 일이다.

대한민국 제7대 외교통상부 장관을 지내고 제8대 유엔 사무총장을 역임한 반기문 총장은 아주 깊은 시골이었던 충북 음성군 원남면에서 자랐다. 산과 들과 밭에 둘러싸인 농촌에서 성장했지만 그는 당당하게 세계를 이끄는 유엔 사무총장이 되었다. 원남면에서 뉴욕까지 진출한 것이다. 출신 지역의 크기가 중요한 것이 아니라 마음의 범위가 중요하다. 비록 몸은 작고 좁은 시골에 있더라도 마음만은 크고 드넓은 세계를 향한다면 그는 결국 세계를 활보하는 인생을 살게 될 것이다.

흙먼지를 날리던 시골고향이 세계를 꿈꿀 수 있도록 해주었기에 감사하다. 나를 유혹하는 화려함이 없었기에 순수한 소망을 가질 수 있었다. 그렇기에 감사하다. 낮은 곳에서 시작했기에 더 떨어질 곳이 없어 담대한 마음으로 도전할 수 있었다. 지금 당신이 가장 낮고, 가장 작고, 가장 먼지가 많은 곳에 있다면 당신은 가장 높고, 가장 크고, 가장 깨끗한 곳에 갈 수 있는 출발점에 서 있는 것이다.

아주 작은 성공 체험이
나 자신을 믿게 만들다

울지 마라
외로우니까 사람이다
살아간다는 것은 외로움을 견디는 일이다
– 정호승 시인의 '수선화에게' 중에서

　　한때 밀리언셀러를 기록하며 수많은 젊은이들로 하여금 열광케 했던 서울대 김난도 교수의 책 『아프니까 청춘이다』의 제목이 정호승 시인의 시 제목 '외로우니까 사람이다'에서 힌트를 얻어 지어졌다는 이야기를 들은 적이 있다. 정호승 시인은 소월시문학상과 정지용문학상, 상화시인상 등을 수상한 우리나라를 대표하는 시인이다. 가수 안치환 씨가 그의 시들을 노래로 만들어 부름으로서 그의 이름은 보다 널리 알려졌다. 그만큼 대중에게 친근한 시인이기도 하다.

　　시인 정호승의 어린 시절은 혹독했다고 한다. 갑자기 집이 어려워져 매일 빚쟁이들이 들이닥치는 통에 그들을 피하기 위해 밤늦게까지 밖을 헤매다 집에 들어갔다고 한다. 소년 정호승은 이런 아픔을

달래기 위해 시골 강가에서 자주 강물을 바라보며 깊은 생각에 잠기
곤 했다. 그러던 어느 날 중학교 2학년 국어 선생님께서 학생들에게
각자 시를 써 오라는 숙제를 내주셨다. 그때까지 시에 대해 관심도
없었고 시라고는 한 번도 써본 적이 없었던 그는, 이런저런 생각 끝
에 자신이 평소에 자주 들렀던 강가의 풍경을 떠올리며 '자갈밭에서'
라는 시를 써서 제출했다.

수업 시간에 선생님께서 소년 정호승에게 시를 읽어보라고 했다.
소년은 생전 처음 써본 시를 낭독했다. 내용은 '자신의 집은 왜 가난
한지, 엄마는 왜 자신을 가끔 미워하는지' 하는 소년의 마음을 담은
것이라고 했다. 소년의 낭독이 끝나자 선생님께서 "호승이 넌 열심
히 노력하면 좋은 시인이 될 수 있겠다."라며 칭찬을 해주셨다.

정호승 시인은 후에 그 당시 국어 선생님의 칭찬을 가슴에 품고 한
시도 잊지 않은 덕분에 힘든 상황 속에서도 포기하지 않고 시를 쓸
수 있었다고 한다.

내가 시골에서 중학교 2학년을 다니고 있던 어느 날 영어 선생님
께서 "승규야! 이번 교내 영어 암송대회 나가보면 어떻겠니?"하고 물
으셨다. 나는 갑작스러운 선생님의 제안에 놀라 "선생님, 영어로 된
그 많은 내용을 어떻게 외울 수 있습니까?"하며 의아하게 질문을 드
렸다. 선생님께서는 "그냥 외우면 된단다!"하시면서 한 번 도전해보
자고 하셨다. 갑자기 영어 암송대회에 나가는 것이 너무나도 부담이

되었지만 내가 좋아하는 영어 선생님께서 말씀하신 것이라 못하겠다
고 거절하지도 못하고 덜컥 시작을 하게 되었다.

중학생 시절

그날부터 나는 영어책과의 사투를 시작했다. 평소 같으면 수업을
마치고 집 근처 산이나 들로 신나게 놀러 다녔을 테지만 영어 암송대
회 준비가 시작되고부터는 방에 틀어박혀 영어책을 외우기 시작한
것이다. 처음에는 아무리 외우려고 해도 머릿속에 남는 것이 없었다.
외웠다 싶어서 영어책을 덮어 놓고 입으로 말하려고 하면 금세 잊어
버리고 말았다. 한두 마디 내뱉고 나면 머리가 하얘지고 도통 떠오르
지 않았다. 중간에 그만두고 싶은 마음이 굴뚝같았지만 선생님과의
약속이라 그럴 수는 없었다. 다른 방도가 없었다. 한 페이지 한 페이

지를 계속 반복해서 읽고 쓰고 외우는 수밖에는.

그런데 신기하게도 며칠 지나고 나니 문장들이 입에서 저절로 나오기 시작하는 것이었다. 같은 문장을 백 번 천 번이고 큰 소리로 읽고 쓰고 하니 나중에는 외우려고 하지 않아도 영어가 절로 튀어나왔다. 영어 암송대회 당일 단상에 올라 선생님과 학생들 앞에서 떨리는 마음으로 외우고 또 외웠던 영어를 발표하던 모습이 지금도 눈에 선하다. 나는 시간이 어떻게 지났는지 모를 정도로 긴장한 상태에서 발표를 마치고 내려왔는데 선생님과 친구들이 우레와 같은 박수를 쳐주어 안도의 한숨을 쉬었다.

중학교 2학년 때의 이 우연한 경험이 나에게 영어에 대한 자신감을 갖게 해주었다. 그리고 무슨 일이든 반복해서 될 때까지 최선을 다하면 반드시 된다는 신념을 갖게 되었다. 사람은 작은 일에서 '나도 할 수 있는 사람이구나!'하는 성공을 체험했을 때 자신감을 갖게 되어 더 큰 일에도 과감하게 도전할 수 있게 된다. 그 이후로 나는 대학에서도 영문학을 전공하고 토플 시험 성적도 잘 받아 후에 직장에서 미국 유학을 갈 수 있는 기회를 얻게 된다.

40대 중반에는 임파선암 항암치료를 받게 되었다. 6번의 고통스런 항암 치료와 25회의 방사선 치료를 받으니 몸은 녹초가 되고 말았다. '과연 내가 다시 일상으로 돌아갈 수 있을까?'하는 의구심도 들었다. 하지만 이러한 순간에도 내 마음속 저 깊은 곳에 자리 잡고 있던 신념이 있었다. '아무리 큰일도 작은 일부터 해내면 가능하다'는 것이었다. 그때부터 나는 걷기 시작했다. 몸은 천근만근으로 무거웠고 한 발자국 떼는 것조차 쉽지 않았지만 나는 움직였다. 아주 조금씩 한 발부터 움직였다. 고통스럽게 한 걸음을 떼고 나니 다음 걸음을 뗄 수 있었다. 마침내 한 시간씩 등산도 할 수 있게 되었고 나는 암에서 완치되었다.

삶의 비전을 이루고 싶은가? 꼭 이루어야 하는 목표가 있는가? 거대한 비전과 목표의 무게에 눌리지 말고 일단 할 수 있는 작은 일부터 해내자. 거기서부터 자신감을 몸과 마음에 밀착시키자. 그렇게 작은 일부터 하나씩 해내다 보면 어느새 나도 모르게 꿈에 가까이 도착해 있는 자신을 발견하게 될 것이다.

치명적 질병이 준
인생 선물

질병의 고통으로 부모님의 깊은 사랑을 알게 되다

폐결핵!

20살에 갑자기 찾아온 무서운 손님. 지금은 결핵이라는 질병이 거의 없고 발병하더라도 충분히 치료할 수 있는 병이지만 내가 스무 살 때만 해도 결핵은 대단히 무서운 병이었다. 완치가 보장되지 않고 결핵으로 사망하는 사람도 꽤 많았다.

당시 나는 힘겨운 재수 생활을 끝내고 막 대학에 입학하여 캠퍼스의 낭만적인 생활을 기대하며 꿈에 부풀어 있었다. '이제 대학생이 되었으니 미팅도 해보고, 마음에 드는 동아리 활동도 하며 좋은 선배들과 멋진 프로젝트도 해봐야지.' 그러나 현실은 나의 기대를 무참히 짓밟았다. 낭만은커녕 생명의 위협을 받게 된 것이다.

담당 의사는 가족과 격리가 필요하다고 했다. 지금은 적십자 병원이 된 송도 결핵 요양원에 입원을 했다. 결핵은 전염성이 강해 온전히 고립되어 있어야 했다. 답답했다. 불안했다. 두려웠다. 피 끓는 스무 살 나이에 결핵이라니. 내 인생인데 내가 계획할 수 있는 것이 아무것도 없었다. '여기서 걸어 나갈 수는 있을까? 학교는 다시 다닐 수 있을까? 앞으로 나는 무엇을 할 수 있을까?' 꼬리에 꼬리를 무는 걱정들이 나의 정신을 갉아 먹고 있었다. 3개월 후에 의사는 퇴원을 하고 집으로 돌아가 약을 먹으며 치료를 계속 하라고 했다.

그래도 집에 돌아오니 좀 살만했다. 집에는 엄마가 계셨기 때문이다. 나는 고등학교 때부터 집을 떠나 자취를 했기에 엄마가 손수 지어주신 따뜻한 밥이 너무도 그리웠다. 엄마는 재수하면서 고생하는 아들의 모습을 보며 그렇게 안쓰러워하셨는데, 이제는 무서운 결핵이라는 병까지 걸려서 아들이 돌아오니 얼마나 가슴이 아프셨을까. 하지만 엄마는 걱정하거나 힘들어 하는 표시를 내지 않으려고 애를 쓰셨다.

엄마는 여기저기서 들은 결핵에 좋다고 하는 음식이나 건강식품을 잔뜩 구해 오셨다. 덕분에 평생 먹을 단백질 음식을 그때 다 먹은 듯 하다. 그리고 지극 정성으로 지으신 밥과 반찬을 내주셨다. 지금이야 압력밥솥이나 전기밥솥에 쌀 씻어 넣고 버튼만 누르면 되지만 그때만 해도 밥 한 끼를 차리려면 준비해야 할 게 한두 가지가 아니었다.

밥을 하기 위해 부엌에 들어가면 두 개의 부뚜막 아궁이에 커다란

가마솥이 두 개가 있다. 한 솥에는 식구들이 먹을 밥을 하고 다른 솥에는 소가 먹을 소여물을 끓였다. 군불을 때기 위해서 아궁이에 나뭇가지 땔감을 가져다 넣고, 한 솥에는 쌀을 붓고 또 한 솥에는 볏짚을 넣는다. 가마솥이 군불로 익어가는 동안에는 반찬을 만드느라 분주하게 움직인다. 지금 생각하니 그 많은 일을 어떻게 엄마 혼자서 다 해내셨을까 놀랍기만 하다. 아들을 위한 엄마의 그 간절하고 애틋한 사랑이 담긴 밥과 음식을 먹어서일까. 결핵은 1년여 만에 치료가 되었다. 밥을 먹고 나면 한 주먹씩 되는 약을 먹느라 보통 곤욕이 아니었는데 드디어 끝이 난 것이다. 어디선가 보았던 경구가 떠올랐다. '이 또한 지나가리라!'

비록 약관의 나이 스물에 결핵이라고 하는 치명적 질병을 만나 힘든 시간을 보냈지만 그 기간은 결코 나에게 쓸모없는 시간이 아니었다. 수년 동안 떠나 있으며 그리워하던 부모님 품으로 돌아와 부모님의 돌보심을 받으며 부모님에 대한 감사와 가족의 소중함을 절실히 깨닫는 기회가 되었다. 아파보기 전에는 가족의 소중함을 모른다. 가족은 당연히 있는 존재라고 생각한다. 엄마가 밥을 해주는 건 당연한 것이고, 아버지가 돈을 벌어다 주는 건 아버지의 의무라고 생각한다.

하지만 몸이 병 들면, 그것도 생사의 기로에 선 치명적인 질병에 걸리면 완전히 달라진다. 엄마가 차려준 한 끼 밥상이 얼마나 소중한 것인지, 아버지께서 보내주신 학자금이 얼마나 피 같은 돈이었는지 알게 된다. 20대를 시작하는 타이밍에 찾아온 불청객, 결핵을 만나 가족의 소중함을 알았기에 부모님께 또 나의 가족에게 감사와 사랑을 표현하고 단란하며 행복한 가정을 만들기 위해 노력하는 사람이 될 수 있었다.

일본의 최고 부자 1위에 올라 있는 소프트뱅크의 손정의 회장은 아내가 둘째를 임신했을 때 만성 간염에 걸린다. 당시 의료수준으로는 만성 간염이 병원에서도 치료가 어려운 상황이었기에 주변에서는 대부분 손 회장의 화려한 경력은 끝났다고 생각했다. 하지만 사람의 정신력은 때로 물리적인 현상을 초월한다. 손 회장은 병원에 누워있으면서도 책을 읽기 시작했다. 3년간 무려 4,000권의 책을 읽었다고 한다. 손 회장의 강연이나 전기를 보면 그때 병원에서의 독서가 오늘날의 소프트 뱅크 경영에 밑바탕이 되었다고 한다.

결핵으로 인해 학교를 휴학하고 집에서 치료를 받으면서 내가 간절히 붙잡았던 성경구절이 있다. "하나님은 감당할 수 있는 만큼의 고난을 주신다."는 것이다. 나는 투병 초기의 무너졌던 마음을 추스르고 책을 읽기 시작했다. 건강할 때 책을 읽을 때는 그냥 필요한 부분을 얻기 위해 적당히 읽었었다. 그런데 완치가 보장되지 않은 질병 상태에서 책을 읽을 때는 완전히 다른 느낌이었다. 그 전에는 눈에 띄지 않았던 문장들이 심장 깊숙이 박혀오는 기분이었다. 이제 건강만 회복되면 어떻게 살아갈 것인지에 대한 절박한 심정으로 책을 읽으니 마치 읽는 것이 아니라 한 구절 한 구절이 마음으로 사진을 찍어 놓는 것 같았다.

특히 이때 읽었던 아놀드 토인비Arnold Joseph Toynbee 박사의 책 『도전과 응전』은 내 인생의 터닝 포인트가 되었다. 인생은 아무 일 없이 평탄하게 가는 것이 아니라 누구에게나 어려운 순간이 찾아오길 마련이다. 누구에게나 도전해야 할 순간이 찾아오고 그 도전에 어떻게 반응하여 응전하느냐가 중요하다는 사실을 깨닫게 되었다. 그리고 앞으로 살면서 어떤 문제가 발생하더라도 놀라지 않고 적절한 방식으로 대응하겠다는 결심을 하게 되었다.

영어 공부도 다시 하기 시작했다. 예전에 읽었던 영문법 기본서적들을 다시 읽으며 복습을 했다. 이전에는 어슴푸레 알고 있던 내용들이 속속들이 이해가 되기 시작했다. 원리들이 보이기 시작했다. 이때 공부했던 실력으로 나중에 토플 성적도 잘 받을 수 있게 되어 취업과 직장생활에 큰 도움이 되었다.

내 삶에 불쑥 나타나 나를 놀라게 했던 치명적 질병은 내 몸을 한동안 아프게 했지만 무엇과도 바꿀 수 없는 소중한 인생 선물을 남기고 간 것이다.

육성회비도 못 낼 가난 덕분에
일찍 집을 사다

　육성회비, 요즘 젊은 세대들은 대부분 처음 들어보는 용어일 것이다. 초등학교가 아닌 '국민학교' 시절에 쓰던 용어이니까. 과거에는 초등학교에서 학교 운영비를 보조하기 위해 육성회비를 학생들에게 매월 일정 금액씩 납부하도록 했다. 금액은 학교마다 조금씩 달랐지만 150원에서 300원 정도 했던 것으로 기억된다. 편지 봉투 3분의 2만 한 크기의 누런 봉투에 12개의 칸이 그려져 있어 매월 납부를 하면 도장을 찍어주었다. 1970년대 후반부터 폐지되기 시작해 1997년쯤 완전히 폐지된 제도이다.

　초등학교 시절 부모님께 "오늘 육성회비 내는 날이에요."라는 말씀을 드리기가 정말 싫었다. 부모님이 150원 정도 되는 이 육성회비 내는 걸 버거워한다는 것을 잘 알고 있었기 때문이다. 하지만 말씀드리지 않을 수도 없었다. 육성회비를 내지 않으면 칠판에다 '육성회비안 낸 사람'의 명단을 적어 놓고 청소를 하거나 선생님께 야단을 맞아야 했다. 무엇보다도 친구들에게 창피해서 싫었다.

어머니가 육성회비 줄 돈이 없다고 하면 학교 안 가겠다고 떼를 쓰며 울고불고 했다. 그러면 어머니는 부랴부랴 옆집에 가서 빌려오시곤 했다. 150원이 없어 옆집에 빌리러 간 어머니의 심정은 오죽했을까. 돌아보면 참 철없는 행동으로 부모님 마음을 아프게 해드렸구나 하는 생각이 든다.

부모님의 주 수입원은 농사를 짓는 것이었다. 고추나 배추를 키워 팔거나 가을에 쌀을 수확해 학비를 마련하셨다. 소를 한 마리 키우셨지만 평상시 생활비에는 도움이 되지 못했다. 부모님은 새벽에 일어나 하루 종일 허리도 제대로 펴지 못하고 일을 하셨다. 하지만 아무리 열심히 해도 그렇게 약간의 농사에서 나오는 재원은 한계가 있었다. 돈은 늘 모자랐다. 부모님은 맛있는 반찬 한 번 마음대로 해먹지도 않고 옷 한 벌 제대로 사 입지 않으면서 최대한 절약을 하셨다. 안 먹고 안 쓰고 그저 자식들 학비 대느라 허리가 휘청하셨다. 이러한 가정 형편은 나에게 돈의 소중함을 심어주었다. '절제'와 '절약'의 태도를 갖게 해주었다. 당신들은 제대로 드시지도 못하면서 자식들 공부시키느라 애쓰시는 부모님을 보며 '내가 성실하게 열심히 잘 살아서 부모님 잘 모셔야지'하는 다짐을 했다.

결혼을 하게 되면 흔히 신부 집에서는 신랑 집으로 예단이라는 것을 보낸다. 신랑 식구들 옷이나 이불 등 집집마다 다르기는 하지만 예단은 하나의 관습으로 자리 잡고 있다. 때때로 뉴스에서 결혼식을 앞둔 신랑 신부가 양가의 예물 예단 문제로 분쟁이 발생하여 파혼을 했다는 소식도 종종 이슈가 되곤 했다. 나는 결혼을 준비하면서 장모님께 혼수와 예단을 완전히 최소화 하고 대신 그만큼의 현금을 통장에 넣어달라고 부탁을 드렸다. 어찌 보면 신부의 부모님 입장에서는 참으로 당돌하고 예의 없는 짓이라고 생각할 수도 있는 행동이었다. 다행히 장모님은 오히려 그러한 나의 제안을 높게 평가해 주셨다.

"여보게. 그런 생각을 하다니 참 장하네. 사람은 자신이 땀을 흘려 번 돈으로 그 경제수준에 맞게 살면서 차곡차곡 저축을 하며 사는 것이 제일이라네."

평생을 검소하게 사시면서 자녀들에게도 인생을 지혜롭게 살아가기를 바라신 장모님을 만난 것이 내게는 사랑하는 아내와 더불어 삶의 소중한 선물이 되었다.

내가 결혼할 당시에는 '집들이' 문화가 당연한 것으로 생각되었다. 결혼을 하고 나면 얼마 지나지 않아 친구들이나 직장 사람들을 초청해 식사를 대접하며 감사의 표현을 하는 시간이다. 이런 시간이 있기에 대다수는 비싼 장롱이나 고급스런 가구를 장만하고 각종 전자제품도 빠짐없이 갖추어 놓는다. 하지만 나는 체면을 내려놓았다. 그런 구색을 갖추려면 가진 돈을 다 쓰고 대출까지 받아야 했다. 잠시의 체면 때문에 지속적인 경제적 고통을 선택할 수는 없었다. 달랑 TV 한 대와 비키니 옷장만 샀다. 비키니 옷장이 무엇인지 모르는 사람도 많을 것이다. 비키니 옷장은 나무가 아니라 칼라가 들어간 비닐로 된 옷장이다. 보통 자취생들이 돈이 없을 때 사서 쓰는 옷장이었다. 누구보다 아내에게 미안했다. 30평 아파트에 멋진 가구와 전자제품을 모두 갖출 수 있는 남자를 만났다면 그토록 부끄럽지 않아도 되었을 텐데. 고맙게도 아내는 나의 속마음을 알아주었다. 그렇게 시작하는 나의 어깨를 따뜻하게 두드려 주었다. 그렇게 아낀 돈으로 나는 신혼집을 전세로 가지 않고 한남동에 조그만 연립주택을 사서 들어갈 수 있었다. 조금 작기는 했지만 그래도 내 집이니 전세의 설움을 겪을 필요는 없었다.

전세 대란이 일어나 힘들어하는 사람들의 이야기를 가끔 듣는다. 듣다 보면 그때 그렇게 힘들게 살면서도 절제하고 절약해 내 집을 장만했던 선택이 얼마나 잘한 일인가 싶다. 육성회비도 제대로 낼 수 없어 마음을 아프게 했던 가난 덕분에 나는 평생 마음 편하게 살 수 있는 내 집을 일찍 마련할 수 있었다. 가난 자체는 창피한 것이 아니다. 가난에 눌려 열등감을 품고 살면서 결국 인생 전체를 가난하게 만드는 태도가 문제인 것이지. 가난했기 때문에 일찍부터 가난에서 벗어나야겠다는 생각을 할 수 있었다. 현재의 상황에 눌리지 말자. 현재의 상황이 지속되지 않도록 나만의 생활방식을 만들자. 도저히 가난해질 수 없는 그런 생활방식을.

대학시험에 탈락했기에
대기업 임원이 될 수 있었다

탈락은 아프다. 아픔은 상처를 남긴다. 인생은 아픔이 남긴 상처를 어떻게 처리하는가에 따라 달라진다. 상처를 늘 떠올리면서 힘들어하고 상처로 인해 마치 인생 전체가 망가진 것처럼 생각하는 사람은 결국 암울한 삶을 살게 된다.

반면에 아픈 상처를 통해 자신을 돌아보면서 본인이 그 상처를 받게 된 이유를 분석해보고 거기까지 이르게 된 과정을 꼼꼼하게 살피며 교훈을 얻는 사람은 점점 더 탄탄해지는 삶을 살기 마련이다.

나는 첫 대학입시에 떨어졌다. 대학 입학시험을 보던 날 아버지께서 바쁜 농사일을 제쳐두고 새벽부터 달려오셔서 힘을 북돋아 주셨기에 더욱 죄송하고 마음이 아팠다. 더군다나 아버지는 재수시킬 형편도 아니었기에 더욱 안타까워하셨다. 나는 고등학교 시절 시골집을 떠나 도시에서 학교를 다니느라 자취를 했었다. 방학이 되면 부모님의 농사일을 돕기 위해 집으로 내려갔다. 아버지는 아들이 공부에 집중해야 될 시간에 농사일을 돕느라 시간을 뺏긴 것은 아닌지 자책감도 느끼셨을 것이다. 대학입시를 한 번에 깔끔하게 합격했다면 이렇게 불필요한 감정의 고통을 겪지 않아도 될 것이었기에 괴로웠다.

재수를 해야 했다. 재수학원을 다닐 형편이 못되어 혼자 공부를 했다. 내가 다녔던 학교는 내가 2회 졸업생으로 신설된 학교였기에 도움 받을 수 있는 선배도 그다지 없었다. 나는 첫 시험에서 실패한 이유들을 생각해 보았다. 나는 영어에 자신이 있었기에 다른 과목들은 웬만큼만 하면 어렵지 않게 합격할 것이라고 다소 자만하고 있었다. 집중해서 공부해야 할 시간에 산만하게 팝송을 듣고 있기도 했다. 이런 잘못들을 정리해보면서 두 번째 시험을 준비하며, 비록 돈이 없어 제대로 학원도 다니지 못했지만 절박한 심정으로 공부에 집중했다. '탈락은 한 번으로 충분하다. 이번에는 반드시 합격하고 만다.'라는 굳은 다짐을 하고 반복해서 공부를 했다.

내가 대학입시를 치를 때는 전기와 후기로 나누어 시험을 봤다. 전기에 서울에 위치한 J대학교 교육학과에 응시했다. 전체 5과목을 보았는데, 암기과목들은 잘 봤다는 생각이 들었다. 그런데 마지막 수학 시험 문제지를 받아 든 순간 눈앞이 캄캄하고 머리가 백지처럼 하얘졌다. 숨이 막혔다. 한 문항에 20점짜리 문제가 총 5개나 있었다. 시험지를 붙들고 한 시간 동안 부들부들 떨었다. 결국 한 문제도 풀지 못하고 나왔다. 전기 대학 입학시험에 또 탈락하고 말았다. 불안감이 엄습해 왔다. 부모님 얼굴도 떠올랐다. 부끄럽고 죄송했다. 하지만 그대로 있을 수는 없었다. 이제 후기대학에 모든 걸 걸어야 했다. 고생하시는 부모님을 생각해 교육학을 전공해 안정적인 직업을 택하려고 했으나 이제는 그럴 수가 없었다. 결국 나의 가장 강점인 영어로 승부를 보기로 했다. 명지대학교 영문학과에 지원을 하고 마지막까지 시험 준비에 집중해 합격할 수 있었다. 아쉬운 결과이기는 했으나 이때의 선택으로 나는 직장생활을 하며 많은 기회들을 잡을 수 있게 된다.

대학을 졸업하고 대기업 취업에 도전했으나 실패했다. 첫 대학입시에 탈락했던 내가 첫 대기업 취업에서도 탈락한 것이다. 그러나 이때는 첫 대입 탈락 때처럼 그렇게 아파하지 않았다. 탈락의 순간을 어떻게 대해야 할지 알고 있었기 때문이다. 탈락했다는 사실에 얽매이지 않고 담담하게 다른 길을 찾았다. 한 문이 닫혔다는 것은 곧 다른 문이 열릴 것이라는 뜻이기 때문이다.

영어에 자신이 있었으므로 영어를 활용할 수 있는 일을 찾다가 하얏트호텔의 수시채용에 지원해 합격했다. 하얏트호텔은 글로벌 기업이었으므로 직장 문화도 비교적 자유롭고 환대산업이었기에 고객 서비스에 대해 많이 배울 수 있었다. 하지만 내가 느끼기에 다소 단조롭고 반복적인 업무가 많아 차츰 열정이 식어갔다. 때마침 롯데그룹에서 경력직 채용 정보 소식이 들려왔다.

　주변에서는 나를 두고 좋은 직장에 다니고 있다고 생각했지만 나는 새로운 모험을 선택했다. 대학 졸업 직후 실패했던 대기업 도전을 다시 해보기로 한 것이다. 익숙한 것과 이별을 한다는 것이 그리 쉬운 일은 아니다. 하지만 의도적으로 익숙한 것과 이별을 선택하지 않으면 언젠가 강제로 이별을 당할 수도 있다.

하얏트호텔에서 근무할 당시

　나는 하얏트호텔에서의 호텔 경험과 나의 강점을 잘 정리하여 롯데그룹 경력직 공채채용에 지원해 무난하게 합격했다. 한 번에 대기업 입사에 성공하지는 못했지만 다른 과정을 거쳐 결국은 목표를 이룬 것이다. 요즘 대기업에 입사하는 하는 것은 우리 때보다도 훨씬 힘든 상황이다. 많은 청년들이 연봉과 복리후생이 잘 되어 있는 대기업에 가고 싶어 한다. 하지만 뜻대로 되지 않는 경우가 많다. 이 때

한 번에 안됐다고 해서 포기할 필요가 없다. 관련 분야에 있는 기업에 일단 취업을 한 다음 전문지식과 경험을 쌓아 얼마든지 다시 도전할 수 있다. 지금은 대기업에서도 신입사원들의 중도 퇴사율이 높아 현업에서 바로 성과를 낼 수 있는 경력자들을 많이 찾고 있기 때문이다. 물론 이때 자신이 가고자 하는 분야에서 자신만의 콘텐츠와 경험을 확실하게 준비해두는 것이 필요하다.

대기업으로 이직한 이후 나는 늦깎이로 25년 만에 임원의 자리에 오를 수 있었다. 물론 초스피드로 승진을 하며 승승장구한 것은 아니지만 많은 난관을 극복하며 끈질기게 나의 성과와 가치를 증명하면서 그 자리까지 갈 수 있었다. 내가 그렇게 될 수 있었던 것은 첫 대학입시에서의 '탈락'에 대한 경험을 통해 인생의 맷집과 끈기를 배우고 익힐 수 있었기 때문이다. '탈락'은 끝이 아니라 다른 방식을 시도하라는 신호일 뿐이다. 탈락의 아픔을 새로운 도전의 연료로 사용할 때 절대로 쉽게 무너지지 않는 꿈의 탑을 쌓을 수 있다. 대신 한 번 탈락한 원인이 절대로 다음번에도 반복되지 않도록 노력해야 한다. 인생은 '탈락'과 '재도전'의 반복이다. 열쇠는 생각의 검색어 안에 내장된 열정의 온도와 긍정적인 마인드에 달려있다.

연탄가스 사고로 죽다 살아나
삶의 가치를 깨닫다

저게 저절로 붉어질 리는 없다.

저 안에 태풍 몇 개

저 안에 천둥 몇 개

저 안에 벼락 몇 개

– 장석주, '대추 한 알' 중에서

엄지손가락 마디만한 대추 한 알 안에 태풍, 천둥, 벼락이 몇 개씩이나 들어있다고 표현한 장석주 시인의 시심時心이 놀랍다. 그렇다. 시퍼런 대추 한 알이 잘 익은 붉은 대추가 되기 위해선 나무가 태풍도 견뎌야 하고, 천둥소리에 놀라기도 해야 하며 벼락이 내리치는 밤들을 지나야 한다. 하물며 수많은 상황과 사람을 겪어낸 인간의 삶이야 오죽하겠는가.

나는 첫 대학 입학시험에서 고배를 마시고 형편이 어려운 부모님 집에 있기가 죄송해 인천에 사는 누님 집에 기거하며 재수를 준비했다. 두 번째 대학 입학시험에 도전을 3개월 앞두고 전혀 예상치 못했던 삶의 벼락을 맞았다. 누님 집에서 기거할 때 연탄가스 사고가 난 적 있다. 다음의 글은 사고 당시 나를 발견한 누님이 먼 훗날 그때를 회상하며 쓰신 내용이다.

'동생은 나의 집에서 산 적이 있다. 나는 원래 새벽형 인간이다. 전세를 살던 나의 집은 방이 부족하여 동생은 나무침대에서 잠을 잤다. 어느 날 나는 새벽에 일어나 동생이 기상시간 초과로 깨우려는데 '앗! 이게 웬일!' 동생 입에서 거품이 나고 깨워도 대답이 없어 당황하며 남편에게 소리를 질렀다. 연탄가스 중독으로 의식불명이었다. 가슴이 떨리며 이상한 생각이 들었다. 옆방에 살던 대학동기 부부교사 남편은 동생을 업고, 남편과 나는 동생의 한 다리씩 붙잡고, 근처의 병원에 힘들게 가서 입원시켰다. 눈물이 앞을 가렸어도 한창 농사일에 여념이 없으실 부모님께 차마 연락을 못 드렸다. 초조와 불안 속에서 병원에서 서성이는데 동생이 오랜 시간이 지나서 깨어났다. '할렐루야! 하나님! 감사합니다!'하며 눈물을 흘리며 외치고, 그때서야 부모님께 알려드렸다. 그 이후 남편은 가끔 그때 상황을 얘기한다. '막내처남이 만약에 그때 잘못 되었으면 장인, 장모님을 어떻게 뵐 수 있었을까?'

삶의 벼락은 언제 내게 떨어질지 알 수가 없다. 그때 깨어나지 못했다면 나는 대학에 가기 위해 재수하다가 죽은 인생이 되었을 것이다. 누가 들어도 정말 재수 없는 인생이 되고 말았을 것이다. 뉴스에서만 보았던 연탄가스 사고를 내가 당할 줄은 꿈에도 생각해 본 적이 없었다.

　병원에서 눈이 떠졌을 때 머리가 깨질 듯 아팠지만 내가 아직 살아있다는 것을 느낄 수 있었다. '그래, 내가 여기서 죽을 운명은 아니었구나. 지금부터의 삶은 덤으로 사는 인생이구나.' 하는 생각이 들었다. 그때부터 가치관이 달라졌다. 그전까지는 열심히 하면서도 한편에서는 마음 저 깊은 곳에 원망과 불평의 마음이 숨겨져 있었다. '왜 나는 이렇게 가난한 집안에 태어났을까! 왜 나는 학원에 다닐 돈도 없는 상황에 처해야 할까. 왜 나는 이렇게 힘들게 살아야 할까.'

　그러나 이제는 완전히 바뀌었다. 내가 숨을 쉴 수 있다는 사실이 감사했다. 나에게 재수할 수 있는 시간이 주어졌다는 사실이 감사했다. 언제든지 찾아가면 뵐 수 있는 아버지, 어머니가 계신 것이 행복했다. 그리고 무엇보다 '사람'이 가장 소중한 가치임을 깨닫게 되었다. 내 곁에 있는 사람이 그 어떤 명예나 돈보다 귀한 존재임을 알게 되었다. 또 누가 보든 안 보든 정직한 삶을 살겠다고 다짐하는 계기가 되었다.
　인생의 모든 것을 한순간에 멈추게 하는 삶의 벼락이 언제 떨어질지 모른다고 생각하니 어떤 순간에도 정직하게 판단하고 행동하겠다는 생각이 든 것이다.

• • • •

이러한 가치관의 변화는 후에 내가 직장생활을 하면서 마주치게 된 다양한 상황에서 선택과 판단의 흔들림 없는 기준이 되어 주었다. 직장생활을 하다보면 이렇게 해야 할지, 저렇게 해야 할지 판단하기 어려운 상황이 종종 발생한다. 그때 선택에 따라서 그 이후 직장에서의 위치나 영향력에 많은 변동이 있게 된다.

한 번은 직장에서 미국보석학회에 유학을 갈 수 있는 기회가 있었다. 그런데 같은 팀에 있던 동료는 토플 점수가 없었고 나는 이미 토플 점수를 갖추고 있었다. 회사에서는 당연히 나에게 우선권을 주었다. 하지만 나는 그 기회를 직장 동료에게 양보했다. 동료는 너무나 고마워하며 토플을 새로 준비해서 떠났다. 그때 나는 덤으로 사는 인생이었기에 내가 좀 더 빨리 잘 되는 것보다는 함께 있는 '사람'이 더 중요했다. 가치관은 선택을 결정한다. 이러한 모습을 본 직장 상사는 나에게 개인적으로 찾아와 얘기했다. "자네, 그런 결정을 하다니 쉽지 않은데 정말 대단하네. 다음번에는 무슨 일이 있어도 꼭 자네를 보내주겠네." 나에 대해 좋은 인상을 갖고 있던 상사 덕분에 나는 유학을 다녀올 수 있었다.

삶의 다양한 국면에서 나는 이런 방향으로 판단하고 선택했다. 그래서 나는 다소 더디게 올라갔지만 많은 사람들의 따뜻한 신뢰와 응원을 받으며 영국 최고의 보석상 그라프GRAFF와 세계 최고의 면세점 듀프리DUFRY 초대 한국 대표도 될 수 있었다. 인생을 살다 보면 조급해지기 쉽다. 조급함은 잘못된 판단의 가장 흔한 원인 제공자다. 꼭 연탄가스를 마시고 죽다 살아나야 덤으로 인생을 사는 것은 아니다. 주변에서 밤에 심장마비로 사망했다는 소식을 심심치 않게 들을 수 있다. 따라서 매일 잠들었다가 아침에 눈을 뜬 것도 실은 덤으로 주어진 삶이라고 할 수 있다. 매일이 덤으로 사는 인생인 것이다. 덤으로 사는 인생, 좀 더 여유를 가지고 양보하고 사랑하며 살자.

2장

인생의 벽은
뚫으라고
있는 것이다

앞이 보이지 않아서
한 가지만 팠다

기댈 곳이 없었다. 부모님께서는 최선을 다해 농사를 지으셨지만 근근이 생계를 유지하는 수준을 넘어서지는 못했다. 당시에는 나만 그런 것이 아니라 많은 사람들이 그랬다. 대학에 입학하자마자 폐결핵 판정을 받고 1년 동안 치료를 받았다. 이후에 돌아왔을 때는 정말 막막했다.

두려웠다. 학교 동기들이나 선배들이 나를 어떻게 볼지, 내가 정상적으로 다른 사람들처럼 공부를 해낼 수 있을지, 학교를 마치고 취업이나 할 수 있을지. 학교를 다니는 얼마동안은 이런 두려움과 앞이 전혀 보이지 않는 불안감으로 그냥 멍하니 시간만 흘려보내고 있었다.

어느 순간, '이래서는 안 되지.'하는 생각이 들었다. 이렇게 시간만 낭비하다가는 인생 전체를 망칠 수 있겠다는 위기의식이 생겼다. 먼저 졸업 후에 무엇을 하며 살 것인가를 떠올려 보았다. 일단 나의 건

강이나 성격을 고려해볼 때 안정적인 직장을 들어가는 게 좋겠다는 마음이 들었다. 그렇다면 직장생활에서 성공하기 위해서는 지금 무엇을 준비하는 것이 가장 효과적일까, 고민해 보았다.

요즘 대학생들은 대학생활을 하면서 정말 다양한 활동을 준비하고 있다고 한다. 각종 동아리 활동에 해외연수는 기본이고, 가고자 하는 회사와 유사한 회사에서 인턴까지 하며 엄청난 스펙을 쌓고 있는 것이다. 그런 활동이 학생들로 하여금 다양한 잠재역량을 계발할 수 있게 한다는 것은 좋은 일이다. 내가 대기업에 근무하며 신입사원을 선발할 때 보면 스펙을 위한 스펙을 쌓은 친구들도 있었다. 이런 경우 실제 회사에서의 근무 능력과는 상관없는 스펙을 쌓는 경우도 발생해 안타까운 마음이 들기도 했다.

나는 단 한 가지에 집중하기로 했다. 졸업 후 직장생활에서 나만의 강력한 무기가 될 수 있는 것, 그 한 가지에 몰입하기로 한 것이다. 그것은 영어였다. 대학생활에서는 영어 말고도 해보고 싶은 것들이 많았다. 가보고 싶은 곳들도 많았다. 20대의 뜨거운 젊음에게 유혹적인 것들은 너무나도 많았다. 내가 만일 한 가지에 집중하겠다는 결심을 야무지게 해놓지 않았다면 나는 재미있게 즐길 수 있는 일들을 찾아 이곳저곳을 방황하며 다녔을 것이다.

우리에게 주어진 시간과 에너지는 한정되어 있다. 그것을 너무 넓게 펼치려 애쓰다 보면 노력은 종잇장처럼 얇아지게 된다. 사람들은 일의 양에 따라 성과가 점점 더 쌓이기를 바라는데, 그렇게 하려면 더하기가 아닌 빼기가 필요하다. 더 큰 효과를 얻고 싶다면 일의 가짓수를 줄여야 한다.

- 게리 켈러·제이 파파산, 『원씽(The One Thing)』 중에서

이 구절은 아마존 베스트셀러 1위 『원씽The One Thing』에 나오는 말이다. 그렇다. 많은 일을 하고 있으면 내가 뭔가 큰일을 하는 느낌이 들고 큰 성과가 나올 것 같은 생각이 들지만, 보통 그 생각은 착각이다. 여러 종류의 일을 동시다발적으로 하다보면 어느 것 하나 완성도 있는 수준으로 끝내지 못하는 것이 일반적이기 때문이다. 요즘에 '멀티태스킹multitasking'이라고 해서 책상 위에 컴퓨터, 노트북, 스마트 폰 등 여러 기기를 동시에 펼쳐놓고 일을 하는 사람들이 있는데 옆에서 보기에는 멋져 보이지만 실제로 당사자는 한 가지에 집중하기 어렵고 시간이 지나면 완전히 방전되어 탈진하는 경우가 많다.

대학에서 할 수 있는 매력적인 활동들이 내 앞에 있었지만 모든 걸 제쳐두고 영어에 집중하기로 선택했다. 어느 직장 면접에 가더라도 영어만큼은 자신 있게 할 수 있다고 답변하고 싶었다. 잠자는 시간을 빼고는 늘 영어와 함께 있도록 했다. 비록 내 몸은 대한민국에 있었지만 언제 어디서든 영어를 곁에 두고 영어를 생각하며 영어를 말하

도록 의식적인 노력을 기울였다.

버스나 지하철을 탈 때는 늘 손에 영어책을 들고 있으면서 문장을 읽다가 잠시 눈을 감고 문장을 암기했다. 영어 소설을 읽었으며 타임지Times의 표현들을 익혔다. 어휘력 수준을 높이기 위해 『Vocabulary 25,000』을 사서 단어를 외우고 외우고 또 외웠다. 그리고 영어 타이핑을 연습했다. 영어로 타이핑을 하는 것이 처음에는 상당히 어색했지만 이것도 역시 계속 반복을 하니 나중에는 자판을 보지 않고 자유롭게 할 수 있게 되었다. 그 당시에는 영어공부의 일환이었던 이 영어 타이핑이 대기업에 이직한 후 강점으로 부각 되어 업무를 스스로 진행하는데 큰 도움이 되었다.

누구나 살면서 혼자만의 시간이 필요하다. 나는 영어학원을 다닐 수가 없어서 영어를 배우는 기회를 이용할 수밖에 없었다. 주일이 되면 여의도에 있는 외국인 교회에 가서 영어로 예배를 드리는 아침예배에 참석을 했다. 오후에는 미국인 선교사님 집에 가서 영어 성경을 배웠다. 여름 방학 때는 선교사님의 도움을 받아 불광동 수양관에서 한 달간 영어로 말하며 생활하는 프로그램에도 참여를 했다. 단순히 공부만 하는 것이 아니라 직접 영어를 생활 속에서 사용하면서 지내니 영어를 자연스럽게 익히는데 큰 도움이 되었다.

이렇게 대학생활 내내 영어에 집중한 결과, 영어는 나만의 차별화

된 무기가 되어 주었다. 지금이야 영어를 잘 하는 사람도 많고 외국에서 살다온 사람들도 많지만 내가 대학생활 할 때만 해도 영어를 유창하게 하는 사람들이 귀했다. 나는 영어를 무기로 글로벌 기업인 하얏트호텔에 입사할 수 있었고, 이후 대기업에 이직을 할 때도 영어가 장점이 되어 면세점 분야에서 일을 할 수 있게 되었다.

지금 처한 상황이 힘들고 앞이 보이지 않는다면 딱 한 가지를 정해 집중하는 것이 좋다. 한 가지만 하고 있으면 불안할 때도 있지만 그 한 가지를 제대로 해내게 되면 나만의 새로운 세상이 펼쳐지기 시작한다.

두려움이 너무 많아
스스로를 무대에 세우다

가진 것 하나 없이 미국으로 건너가 식당에서 서빙도 하고 최저 임금을 받는 의료부품 공장에서 조립공으로 일하던 여성이 있었다. 여성은 어렵게 중소기업으로 이직해 공장 작업반장으로 7년간 주말도 없이 일해 회사 매출을 많이 올려주었지만 하루아침에 해고를 당한다. 이후 의류회사로 옮겨 생산담당 매니저로 일하며 매출이 3배가 되게 하는 성과를 냈는데도 또 해고를 당한다. 여성은 억울했다. 처음에는 자신이 차별받는 것이라고 생각했다. 그래도 정확한 해고 사유가 궁금했다. 해고당한 회사의 부사장에게 전화를 걸어 해고 이유를 물었다. 부사장의 답변은 충격적이었다.

"당신은 일은 정말 열심히 하는 사람인데 재미가 없다. 사람들이 당신하고 일하는 것을 좋아하지 않는다."

여성은 너무 어이가 없었지만 자신이 있는 곳은 미국이라는 것을 떠올렸다.

'아! 한국에서는 보통 무조건 열심히 해서 성과를 내는 사람을 높이 평가하지만 이곳은 문화가 완전히 딴판이구나.'

그때부터 그녀는 재미있는 사람이 되기 위해 트레이닝을 받기 시작한다. 자신을 망가뜨리면서 사람들이 웃을 수 있는 행동을 하기 시작했다. 머나먼 이국땅에서 생존해야 한다는 긴장감 때문에 무조건 열심히만 살고자 했던 마음을 이제는 내려놓고 웃음을 연습했다. 처음에는 어색해서 웃음이 나오지 않았다. 웃으면 비웃는 것처럼 '썩소'가 나왔다. 하지만 그녀는 멈추지 않았다. 계속해서 자신을 웃음을 주는 사람으로 만들기 위해 사람들 사이를 파고들었다.

결국 그녀는 미국에서 재미있는 조직 문화를 컨설팅하는 '펀 경영' 전문가가 되었다. 전 세계를 다니면서 강연을 하는 최고의 동기부여 강연가로도 활동한다. 한국인으로는 최초로 전미연설가협회NSA 정회원이 되기도 했다. 그녀의 이름은 '진수 테리'이다. 그녀에게 누군가 물었다. 영어는 어떻게 공부를 했느냐고. 그녀는 말했다. 영어를 못해서 영어 스피치 클럽을 만들었다고.

진수테리, 그녀는 자신이 재미없는 사람이라는 것을 깨달았을 때 사람들 앞에 나가 자신을 스스로 망가뜨리는 훈련을 했다. 영어가 안

될 때 영어 스피치 클럽을 만들어 스스로 강단에서 영어로 말할 수밖에 없는 상황을 만들었다. 자신이 취약하고 두려운 대상이 있을 때 오히려 자신을 무대에 올려버림으로써 스스로 맞서 이겨내도록 상황을 조성한 것이다.

나는 폐결핵을 치료하느라 1년을 휴학하고 복학을 했다. 이런 나를 사람들이 나를 꺼리지는 않을까 걱정이 되어 조심스러웠다. 그러다보니 나도 모르게 자연히 위축되고 사람들 앞에 서는 것은 엄두도 내지 못했다. 그러던 어느 날 과 선배가 영어연극을 함께 해보지 않겠냐며 제안을 해왔다. 세상에! 나는 겨우 몇 사람 앞에 서는 것도 떨리고 긴장되는데 영어연극이라니. 연극무대에서 연기를 하라니. 그것도 영어로. 말도 안 되는 일이었다.

물론 중학교 2학년 때 선생님의 권유로 영어암송대회 나가본 적은 있다. 그때는 관객들이 모두 다 아는 친구들이고 선생님들이었다. 하지만 이건 차원이 달랐다. '욕망이라는 이름의 전차A Street Car Named Desire'라는 제목의 실제 연극이었다. 남산 드라마 센터에서 3회를 공연해야 했다. 관람객도 수백 명이 될 것이라고 했다. 당시의 내 멘탈 상태로는 불가능한 것이었다.

하지만 나는 선배에게 연극에 참여하겠다고 했다. 내가 사람들과의 관계나 앞으로 헤쳐 나가야 할 인생의 장벽들을 생각해볼 때, 그

때 가장 필요한 것이 스스로에 대한 자신감이었다. 자신감이 극도로 바닥상태에 있었기에 자신감이 없으면 해낼 수 없는 일에 도전해서 역으로 자신감을 완전히 되찾고 싶었다.

대본을 받아보니 역시 만만치 않았다. 내 역할은 '블랑쉬Blanche'라는 여성과 진지하게 사귀게 된 '미치Mitch' 역이었다. 대사도 많고 처음 하는 연극이라 연기도 어색했다. 더구나 영어로 감정을 이입하여 청중들에게 전달하는 일을 정말 보통 일이 아니었다. 하지만 이미 강을 건넜다. 돌이킬 수는 없었다. 6개월 동안 미친 듯이 영어 대사를 외우고 미치가 되어 살았다. 수업이 끝나면 출연자 모두가 모여 영어 대사 연습을 수없이 반복했다.

처음 해보는 연극이었으므로 연출가로부터 계속 지적을 받았다. 영어 발음이 그게 뭐냐, 목소리가 안 들린다, 감정을 살려보라! 등등. 지적받은 것들을 어떻게 해서든 고치려고 노력했다. 집에 혼자 있으면서 큰 소리로 대사를 외치기도 하고 거울을 보며 감정을 잡고 연기 연습을 했다.

드디어 첫 공연 무대에 올랐다. 바로 앞에 수백 명의 관람객이 앉아 있었음에도 나는 아무도 보이지 않았다. 내가 뱉어야 할 대사를 떠올리고 감정을 잡으며 동선을 생각하느라 연극이 어떻게 지나갔는지, 어떻게 끝이 났는지도 몰랐다. 두 번째 공연에서는 서서히 관람객의 얼굴이 보이기 시작했다. 상대배우와 호흡을 맞추며 자연스럽게 감정 표현을 할 수 있었다. 마지막 세 번째 공연에서는 공연 시작 전에 연출가가 획기적인 제안을 했다. 마지막 공연이니까 그동안 연습한대로만 하지 말고 상황에 맞게 자연스럽게 연기를 해보라는 것이었다. 이미 미치의 대사는 눈 감고도 줄줄 나올 정도였으므로 그렇게 해보기로 했다. 연극은 관객들의 엄청난 환호성과 함께 멋지게 막을 내렸다. 연극이 끝나고 연출가가 나에게 다가와서 말했다.

"이승규 씨 때문에 정말 걱정을 많이 했는데 '미치' 역할 너무너무 잘 해주어서 고마워요."

사람 앞에 나서는 것이 두렵고 무대에 서는 건 상상도 할 수 없었던 나를 스스로 무대에 올렸을 때 나는 두려움을 넘어 자신감 넘치는 새로운 나를 만날 수 있었다. 두려움 때문에 피하기만 한다면 나는 세상에 이끌려 억지로 무대에 세워질 것이다. 인생에는 원하지 않아도 해야만 하는 상황들이 많으니까. 그랬다면 나는 두려움에 무너져 더 깊은 나락으로 떨어졌을 것이다. 나는 그때 생각했다.
'두렵지만 해보자. 두려우니까 해보자. 두려워도 해보자.'

영어연극 하던 날, 무대 위에서

영어의 벽을 넘는 법

영어는 단순한 언어가 아니다. 영어는 일종의 기회다. 영어는 인생의 새로운 기회를 열어주는 문이다. 적어도 내게는 그랬다. 나는 영어를 통해 취업을 했고 영어를 통해 유학도 갈 수 있었다. 영어를 통해 기회를 열어 줄 사람을 만났으며 영어를 통해 삶의 위기에서도 생존할 수 있었다.

우리나라의 영어 사교육 시장 규모가 10조 원이 넘는다고 하니 영어 공부에 얼마나 많이 투자를 하는지 알 수 있다. 과연 영어의 벽을 넘어서려면 어떻게 해야 할까? 나도 영어로 내 인생에 적잖은 도움을 받았으니 영어 공부에 대한 나의 경험과 생각을 공유하는 것이 조금이라도 영어로 받은 혜택을 나누는 것이리라.

"I wish I could tell you it gets better. But, it doesn't get better. You get better (상황이 좋아질 거라고 말해주고 싶은데, 그렇지는 않을 거야. 대신 네가 더 나은 사람이 될 거야)."

위의 문장은 『영어책 한권 외워봤니?』의 저자 김민식 PD가 남미 파타고니아 트레킹을 하면서 하루 20킬로미터를 걸으며 힘들 때 보았던 '루이'라는 시트콤에 나온 대사라고 한다. 카지노에서 공연을 하던 삼류 코미디언이 더 이상 희망이 없다고 생각해 일을 때려치우고 나오는데, 대극장에서 공연을 하던 60대의 할머니 코미디언을 만나게 되고, 그가 자신의 사정을 얘기하자 노장 할머니가 그에게 던진 말이다.

김민식 PD는 그 대사를 "상황은 더 좋아지지 않는다. 그러나 포기하지 않고 버틴다면, 너는 더 나은 인간이 될 것이다."라고 해석을 한다. 그리고 그 해석을 영어 공부에 적용한다. 김 PD는 2002년 '뉴논스톱'으로 백상예술대상 신인 연출상을 수상하고, 2010년 '내조의 여왕'으로 백상예술대상 연출상을 공동수상한 프로듀서이다. 특이한 것은 그가 한국외대 통역대학원을 나왔다는 것이다. 하지만 그는 해외연수를 가본 적도 없고 영어학원도 다니지 않았으며 국내에서 순수 독학으로 영어를 공부했다고 한다.

그 시작은 초등학교 6학년 여름방학 때였다. 고등학교 영어선생님이셨던 그의 아버지께서 중학교 1학년 영어 교과를 가져오셔서 다짜고짜 통째로 외우라고 했다는 것이다. 문법도, 발음도 필요 없으니 무조건 일단 외우라고 했단다. 아버지가 매일 암기한 내용을 체크했으니 안 할 수도 없어서 결국 책 한 권을 다 외워냈다. 그날 아버지는 시원한 수박을 가져와 함께 먹으며 인생의 첫 '책거리'를 했다고. 이후에 김민식 PD는 중학교에 진학하여 영어시험은 무조건 100점을 받게 되었고, 그 후로도 그런 방식으로 영어를 공부해 원어민과의 대화에도 전혀 손색이 없는 영어실력을 갖추었다고 한다.

이런 영어실력으로 취업할 때 8군데에 원서를 냈으나 7군데에서 떨어지고 한 군데 외국계 회사인 3M에 합격을 했다. 결국 합격한 것도 영어 덕분이었다. MBC에서 PD를 할 때도 그는 영어 공부를 하면서 친숙했던 미드 '프렌즈' 같은 시트콤을 해보는 게 꿈이었다. 좀처럼 기회가 오지 않던 중 부장이 AFKN으로 아카데미 시상식 시청을 할 때 통역을 해주었다가, 부장이 예능국장으로 승진하면서 시트콤 연출을 맡게 되어 꿈을 이룰 수 있었다고 한다.

나는 이러한 김민식 PD의 경험을 100퍼센트 완벽하게 이해하며 공감한다. 집이 어려워 영어학원을 다닐 수 없었던 나 자신도 정확히 그런 방식으로 공부를 해서 영어를 익히고 취업을 했으며 미국 유학도 다녀올 수 있었기 때문이다.

나는 어머니가 금반지를 팔아서 사주신 카세트 테이프로 당시 KBS 라디오 방송에서 했던 영어회화 프로그램을 매일 아침 녹음했다. 그리고 교재였던 『Spoken American English』 3권을 구입했다. 그리고 매일 영어교재의 문장을 귀가 먹먹하도록 들었으며, 크게 소리를 내어 읽고 또 읽어서 저절로 입에서 나오도록 하였다. 이렇게 외운 문장을 백지를 꺼내놓고 생각으로 떠올리면서 써보았다. 완벽하게 외운 문장은 단어를 바꿔가며 다른 문장으로 다양하게 적용을 해보았다. 녹음한 문장을 듣고 다시 쓰고 하는 작업을 수없이 반복하다보니 오른손 두 번째 손가락 마디가 펜에 눌려 굳은살이 생기기도 했다.

영어의 벽을 넘는 법은 단순하고 명쾌하다. 그냥 가장 기초적인 문장부터 시작해 책 한 권을 통째로 외우는 것이다. 학원이 문제가 아니다. 선생님이 문제가 아니다. 교재가 문제가 아니다. 교재를 살 돈이 없다면 도서관에 가면 공짜로 볼 수 있는 쉬운 영어교재들이 즐비하다. 그냥 엉덩이 붙이고 앉아서 외워보라. 그리고 써보라. 한 권을 끝내고 나면 길이 보인다.

이렇게 쉽게 이야기 해주면 사람들은 그냥 웃고 넘어가 버린다. 그리고 또 영어학원을 찾아 등록하고 일주일도 못 가 포기해버리고 만다. 그렇다. 살아보니 실력을 갖추기 위해서는 단순해질 필요가 있었다. 그냥 단순하게 계속 반복하면 실력이 늘었다. 하지만 사람들은 조금 더 대단한 비법들을 찾아 이곳저곳을 기웃거렸다. 그리고 한시간도 채 집중하지 못했다. 그러면서 자신은 언어에 재능이 없다고 했다. 내가 영어의 혜택을 누릴 수 있었던 건 어찌 보면 그런 사람들 덕분이었는지도 몰랐다. 그런 이들과는 반대로 나는 단순했다. 그랬기에 언어의 벽을 넘어서서 영어의 혜택을 볼 수 있는 것이리라. 영어의 벽을 넘는 좀 더 상세한 내용을 알기 원한다면 김민식 PD의 『영어책 한권 외워봤니?』를 일독하길 추천한다.

● ● ●
나만의 영어공부 비법

① 영어 지문을 직접 써보면서 영어 문장의 성분이 어떻게 구성되어 있는지 파악한다. 물론 그 전에 영어 문법이 완전히 숙지된 상태여야 한다. 그래야만 영어 회화도 무리 없이 가능하다.

② 영어로 말하기를 습관화한다. 영어 회화 테이프를 들으며 그대로 따라해 본다. 영어로 듣고 말하는 일에 익숙해질 수 있다.

③ 영어책을 항상 끼고 산다. 밥을 먹을 때도, 교통수단을 이동할 때에도 항상 옆구리에 영어책을 끼고 살며 수시로 들여다본다. 영어가 그만큼 일상과 가까운 존재여야 한다.

④ 지나가는 외국인을 보면 무조건 말을 걸어본다. 외국인들과 접촉할 기회를 갖는 것이 좋다. 외국인 교회에 참석하거나 외국인 선교사와 영어 바이블 공부를 하는 것도 한 방법이 될 수 있다.

⑤ 타임지 읽기와 쓰기를 동시에 수없이 반복한다. 영어 한 문장을 읽고 응용하여 쓰기를 반복하며 Vocabulary 22,000을 쓰며 외운다.

⑥ 고급 단어를 외우며 다른 문장으로 여러 번 바꾸어 적용하며 소리내어 읽으며 응용을 해본다.

행운도 준비한 자의 것이다

"아들아… 창피하구나."

26살 청년의 삶을 통째로 바꾸게 해준 아버지의 한마디였다. 청년은 초등학교 때 선생님께 손을 들고 화장실에 가고 싶다는 말을 할 용기가 없어 그냥 바지에 똥을 싼 적이 있다는, 밝히기 어려운 고백을 했다. 고등학교 때는 50명 중에 40등 밖으로 돌았고, 전문대를 다닐 때는 PC방과 노래방 그리고 술집을 전전했다고 한다. 전문대 졸업을 앞두고 취업이 두려워 다시 수능을 쳐 겨우 4년제 지방 사립대 경영학과에 합격했다.

그렇게 스물여섯 살이 되던 어느 날, 택시 운전을 하며 성실히 가족부양을 하던 아버지, 그동안 아들에게 단 한 번도 상처를 주는 말을 해본 적이 없던 아버지가 청년에게 처음으로 했던 아픈 말 한마디가 바로 '아들아… 창피하구나.'였던 것이다.

청년은 그 한마디를 들은 날부터 자신의 모든 것을 바꾸기로 결심했다. 그리고 그동안 전혀 생각지도 못했던 일들에 도전하며 자신의 꿈을 '준비'하기 시작한다. 대학생으로서 꿈을 준비하기 위해 현실적으로 할 수 있는 것으로 공모전을 선택했다. 그는 그때까지 공모전에 대해 관심을 가져본 적이 없었다. 인생을 왜 살아야 하는 지에 대한 동기가 없었으므로. 그러나 이제는 달랐다. 나를 위해 저렇게 평생을 고생하신 아버지가 아들에게 대한 창피함을 안은 채 남은 인생을 살게 해드릴 수는 없었다.

첫 번째 공모전은 보건복지부 대학생 금연 서포터즈 공모전이었다고 한다. 그는 생전 처음이라 모든 것이 낯설고 어떻게 해야 할지 감이 없었다. 그래서 일단 남들보다 무조건 최대한 많이 뛰고, 많이 만나고, 많이 홍보를 많이 하는 것으로 목표를 잡았다. 다른 학생들이 책상 앞에서 아이디어를 찾느라 고심하고 있을 때 3개월 동안 학교 부총장, 학생처장, 학생 지원팀장, 장학복지팀장, 경영학장, 비서실장, 총학생회장, 총동아리 연합회장, 보건소 소장 등 거의 모든 기관장을 만났다고 한다.

그리하여 금연 장학금 도입 적극 검토, 금연 인센티브 확정, 매점 내 담배 판매금지 적극 검토, 금연구역/흡연구역 지정 적극 검토, 금연서약서 1,300장, 금연 인식도 설문조사 500장, 금연 현수막 부착 3개, 금연서약서 제작 4편, 전국 캠퍼스 금연 현황 조사 등의 성과를 내고 결국 1등으로 선정되어 보건복지부 장관상을 수상했다.

청년은 그 후에도 17개의 공모전에서 수상을 했으며 기획재정부 주최 프레젠테이션 경연대회에서도 1위를 차지하고 2010년에는 김연아 선수와 손연재 선수 등이 받았던 대한민국 인재상 수상자로 선정되어 대통령 표창까지 받게 되었다. 바로 이 김도윤 청년의 이야기는 『날개가 없다 그래서 뛰는 거다』라는 책으로 출간되었다. 이 책은 열악한 스펙 때문에 고민하는 청년들에게 큰 희망을 주었다.

대학을 졸업하고 취업할 당시 나의 스펙으로는 국내 대기업에 서류전형조차 통과하기 힘든 상황이었다. 힘들었다. 1년 동안 병치레를 하며 졸업을 하는 대학인데 변변한 기업에 취업원서조차 내기 힘든 상황이라는 것이 부끄럽기도 했다. 어느 날 지인으로부터 하얏트호텔에서 신입사원을 채용한다는 소식을 듣게 되었다. 그 얘기를 듣고 옳거니 싶었다. 하얏트호텔이라면 전 세계에 호텔을 두고 있는 글로벌 기업이었다. 그러므로 입사 채용 조건에서 영어실력을 중요한 요인으로 꼽을 수도 있겠다는 생각이 들었다.

어차피 대기업에 들어갈 수 없다면 글로벌 기업에 승부를 거는 것도 좋겠다는 생각이 들었다. 하얏트호텔에 대해서 내가 수집할 수 있는 가능한 모든 정보를 알아보았다. 이력서도 정성을 다해 준비했다. 그리고 영어 면접에 대한 준비를 철저히 했다. 입사 절차를 알아보니 예약부서장과 부총지배인의 면접이 있었고 최종적으로 총지배인과의 영어 면접을 통과해야 했다.

나는 더 이상 물러설 곳이 없다는 심정으로, 면접 시 나올 수 있는 예상 질문 수 십 개를 뽑아 나만의 답변을 작성했다. 그리고 수없이 반복하며 자연스럽게 대답이 나올 수 있도록 연습했다. 첫 인상을 좋게 하기 위해 거울을 보고 밝은 표정을 짓기 위해 끊임없이 미소를 훈련했다. 호텔은 전 세계에서 방문하는 다양한 고객을 상대하므로 친절하고 따뜻한 미소를 가진다면 크게 어필이 될 수 있을 거라 생각했기 때문이다.

하얏트호텔 총지배인과의 최종 영어 면접을 마치고 함께 일해보자는 연락을 받았을 때, 나도 모르게 두 눈가에 눈물이 고였다. 화려한 스펙을 가진 사람들이 보기에는 별 것 아닌 일에 호들갑이라고 생각할지 모르지만 내게는 절실했다. 간절했다. 꼭 되고 싶었다. 누구나 부러워하는 국내 대기업에 취업하지는 못했으나 글로벌 기업에 합격하여 부모님의 마음도 안심시켜 드릴 수 있어 뿌듯했다.

누구에게나 평생 세 번의 행운은 온다고 한다. 그러나 준비하지 않는 자에게는 무용지물일 뿐이다. 행운이 행운으로 될 수 있었던 것은 바로 '준비'했기 때문이다. 지금 당장 준비되지 못했다면 지금부터 준비하면 된다. 지방대 출신으로 대한민국 인재상을 수상하고 외국계 광고 회사에 정직원으로 입사했던 김도윤 청년처럼, 처음에는 무조건 많이 뛰고 만나야 한다. 그렇게 움직여 준비가 되었을 때에야 비로소 행운은 나의 것이 된다.

하얏트호텔

① 1957년 제이 프릿츠커가 미국 로스엔젤레스 국제공항 근처에 있는 하얏트 하우스 모텔을 인수하면서 기업 경영을 시작했다.

② 호텔 체인 브랜드이다.

③ 파크 하얏트, 그랜드 하얏트, 하얏트 리젠시 3종류가 있다.

④ 매국의 대형호텔 제인브랜드로 전 세계의 주요 도시에는 반드시 하나쯤 있는 호텔이다.

⑤ 한국에는 별 5개짜리 최고급 호텔이 있지만 미국에서 별 3개부터 별 5개까지 다양한 브랜드가 있다.

칼이 짧으면
한 발 더 나가면 된다

결과는 14 대 10이었다. 누가 봐도 이미 승부 난 경기였다. 상대는 마흔 살 백전노장의 세계 랭킹 3위. 이제 갓 스무 살의 나이로 처음 출전한 올림픽 결승전을 치르는 앳된 청년에게는 거의 불가능한 상대였다. 상대는 한 포인트만 얻으면 게임이 끝나고 금메달을 확정하게 되는 상황. 그런데 청년의 눈빛에는 한 치의 동요도 없었다. 오히려 이전보다 더 빛나고 있었다. 청년은 혼잣말로 무어라고 중얼거리고 있었다.

짧은 휴식이 끝나고 경기가 계속 되었다. 아니, 이럴 수가! 경기를 보고 있던 모든 청중이 "아!" 하며 탄식했고, 대한민국에서 경기를 보고 있던 국민들은 놀라 박수를 치고 환호성을 지르며 기뻐했다.

결과는 14 대 15였다. 반전의 결과였다. 모두의 예상을 깨고 스무 살의 청년이 극적인 역전승을 거둔 것이다. 바로 지난 리우 올림픽 남자 펜싱 에페 경기에서 금메달을 목에 건 박상영 선수의 이야기이다. 경기를 마친 박 선수에게 다가온 기자들이 물었다. "마지막에 혼자 뭐라고 중얼거린 건가요?" 이에 박상영 선수는 대답했다.

"할 수 있다. 할 수 있다. 할 수 있다."

박상영 선수는 그 절박한 상황에서 상대 선수나 점수를 바라본 것이 아니라 자신을 향해 계속해서 '할 수 있다!'라고 외쳤다고 한다.

살다 보면 지독하게 불리한 상황에서 혼자 고립된 채 어떻게 해야 할지 모르는 순간이 오기 마련이다. 많은 준비를 하고 영어를 무기로 해서 입사한 하얏트호텔에서의 생활은 그리 만만치 않았다. 나는 영문학을 전공하고 영어를 특기로 해서 들어갔으나 '호텔업'에 대해서는 아는 게 없었다. 동료들은 대부분 이미 대학에서 호텔경영학을 전공한 사람들이었다. 더구나 하얏트호텔은 글로벌 기업이었으므로 스위스 호텔학교나 미국에서 이름 있는 호텔스쿨을 졸업하고 온 인재들도 많았다.

호텔에 입사하기 전에는 호텔 일이 고객들에게 멋진 웃음으로 인사 잘하고 친절하면 되는 줄로만 생각했다. 그런데 막상 직원으로 들어와 보니 그게 아니었다. 세계 최고 수준의 호텔이었으므로 전 세계에서 다양한 고객들이 방문했다. 그들의 눈높이에 맞추어 응대하며 클레임이 발생하지 않도록 최상의 서비스를 제공하는 일은 보통 일이 아니었다. 특히 저녁 시간이 지나 숙박 고객들이 동시에 한꺼번에 몰리거나 기상악화로 비행기 출발이 지연되는 사태가 발생할 때는 업무가 폭주하여 정신을 차리지 못할 정도였다. 호텔업은 다양한 서비스와 상황에 대해 디테일하게 대처해야 하는 최고의 전문성을 요구하는 업이었다. 다른 동료들은 이미 학교에서나 호텔 현장에서의 실습 그리고 각종 직무 교육을 통해 높은 수준의 역량을 갖추고 있었으니, 나는 마치 군계일학이 아니라 수많은 학들 사이에 둘러싸인 한 마리의 닭 같은 신세였다.

동료들에 비해 실무능력이 턱없이 모자라서 차라리 다른 직장을 알아볼까, 하는 생각도 들었다. 승부를 보기에는 너무 차이가 컸다. 잠이 오지 않았다. 빨리 결정하지 않으면 여기서도 밀리고 다른 곳에 갈 수도 없는 상황이 오겠구나, 하는 염려도 되었다. 그러나 상황이 불리하다고 해서 한 번 도망 다니기 시작하면 앞으로도 계속 그런 일이 반복될 수도 있겠다는 마음이 치고 올라왔다.

'아냐, 한 번 붙어보자!'

도망가는 대신 정면 승부를 택했다. 호텔경영을 전공하기 위해 다시 대학에 가거나 다른 사람들처럼 유명 호텔학교에 입학할 수는 없었으므로 대학원을 알아보기 시작했다. 직장을 다니면서 야간에 공부할 수 있는 곳이어야 했다. 당시의 월급으로는 두 아이를 포함 네 식구의 생활비와 대학원 등록금을 함께 마련한다는 것은 쉬운 일이 아니었다. 하지만 잠시 어렵더라도 이 기간을 이겨내고 내가 전문성을 갖추게 된다면 더 많은 연봉을 받을 수 있을 것이라고 믿었다. 다행히 아내도 나의 뜻을 믿어주었다. 어려운 순간 뜻을 함께해 줄 동반자가 있다는 것이 얼마나 큰 힘이 되었는지.

다행히 최고의 호텔에 근무하고 있어서 이 분야에서는 유명한 호텔경영대학원에 입학을 할 수 있었다. 처음 하는 공부라 생소한 용어가 많았다. 그래도 호텔 현장에 있으면서 공부를 하니 나름 빨리 이해를 할 수 있었다. 호텔경영연구, 서비스 경영론, 호텔마케팅연구, 호텔인적자원관리, 연회기획관리, 카지노산업연구 등 전문적인 공부를 하면서 나름 자신감도 생겼다. 무엇보다 호텔 분야에 있는 다양한 사람들을 만나면서 이 분야의 인맥도 형성되었다. 까다로운 상황이 발생하면 서로 물어보고 도와줄 수 있는 친구들이 생겨 이전보다 훨씬 안정된 마음으로 일을 할 수 있게 되었다.

칼이 짧을 때 뒤로 물러서기 시작하면 이미 진 것이다. 칼이 짧을 때 살아남는 방법은 두 가지다. 칼을 버리고 도망가든가 상대가 칼을 제대로 뻗기 전에 전진하는 것이다. 한 번 도망가면 평생 습관이 되어 도망치는 인생을 살게 된다. 칼이 짧은가, 두려움은 잠시 뿐이다. 상대에게 바짝 달려들자!

혼날 때마다 성장하다

변화경영사상가로 활동했으며 최근 더욱 많아지고 있는 '1인 기업'의 효시로 불렸던 구본형 작가는 그의 책 『THE BOSS 쿨한 동행』에서 상사들이 선정한 '가장 보기 싫은 부하 직원'의 유형을 10가지로 제시하고 있다.

....

1. 회사에 생계를 걸고 있으면서 충성심은 없는 배은망덕형

2. 속내를 감추며 거짓말하는 불투명 크렘린형

3. 일과 책임을 남에게 떠넘기고 사람들의 관계를 이간질하는 화근형

4. 업무 마감 시한을 어기고 늘 변명하는 게으름뱅이형

5. 찾으면 없거나 지각, 조퇴가 잦은 근무태도 불량형

6. 무능력하고 일처리가 거친 무사안일형

7. 인사를 잘 하지 않고, 예의도 없는 뻣뻣 무례형

8. 요령만 피우고 입으로만 일하는 뺀질이형

9. 상사의 말에 지나치게 오버하고 아첨하는 아부가식형

10. 시키는 일만 하고 창의력이 없는 꼭두각시형

직장인 중에는 분명 본인은 위에 해당하는 유형이 아닐 것이라고 생각하는 분들이 적지 않을 것이다. 하지만 상사의 생각은 다를 수 있다. 나 자신은 아니라고 생각해도, 상사가 보기엔 나 자신이 저 항목에 해당하는 직원 유형일 수도 있다.

나는 어려운 집안 형편을 딛고 겨우 대학을 졸업해 직장에 입사를 했으므로 부모님께 누가 되지 않도록 최선을 다해 직장생활을 하려고 애를 썼다. 그러나 처음 들어간 직장에서 발생하는 상황은 모두 처음 접하는 것들이었으므로 내 뜻대로 되지는 않았다.

멋진 호텔리어의 꿈을 안고 들어간 하얏트호텔에서 프런트 근무를 할 때였다. 입사한지 얼마 되지 않아 열정은 넘쳤으나 처음 느끼는 현장에서의 긴장감은 떨치기 힘들었다. 조용하던 전화벨이 울렸다. 얼굴에 미소를 띠며 수화기를 들었다.

"네, 여기는 프런트입니다. 무엇을 도와드릴까요?"

그런데 수화기 저편에서는 내가 잘 알아듣기 힘든 억양의 영어가 쏟아져 들렸다. 언뜻 들으니 부총지배인이라고 하는 듯했다. 나는 순간적으로 입에서 나오는 대로 영어를 뱉었다.

"What's the matter with you?"

오! 이런 세상에! 상사의 상사인 부총지배인에게 "뭐가 문제입니까?"라니. 부총지배인은 나의 영어 첫 마디를 듣고 감을 잡은 듯했다. 내가 아직 다양한 국적을 가진 직원들이 다양한 억양으로 소통하는 현장 영어에 제대로 적응하지 못하고 있다는 것을 간파한 그는 아주 천천히 쉬운 영어를 써가며 내게 이야기를 했고 나는 나름대로 답변을 하고 통화를 마쳤다.

며칠 후 당직 지배인이 내게 와서 대체 부총지배인에게 전화로 무슨 말을 했느냐고 물었다. 내가 "What's the matter with you?"라고 대답했다고 하니 나에게 "영문학을 전공했다는 사람이 예의도 모르고 그런 거친 표현을 쓰면 어떻게 하나!"며 눈물이 쏙 빠지도록 호되게 야단을 쳤다. 영어 회화를 대부분 책으로 공부하고 여행이나 생활을 영어로 그다지 많이 해보지 않은 나의 치명적인 약점이 한 순간에 노출되었던 것이다.

이후로 나는 영어의 다양한 억양을 들을 수 있도록 많은 노력을 기울였다. 영어를 사용하는 외국인들이 다른 동료들과 대화를 할 때도 나는 귀를 기울이며 그 억양과 뉘앙스를 익히려고 했다. 각자 다른 지역에서 살다 온 동료들과 일부러 영어로 대화하는 자리를 적극적으로 만들었다. 이런 노력을 하다 보니 어느 정도 기간이 지나자 웬만한 억양은 알아들을 수 있게 되었고 고객들이나 외국에서 온 직원들과도 자연스럽게 대화할 수 있게 되었다.

내가 실수나 잘못을 함으로써 '호되게 혼나는 순간', 바로 그 순간이 내가 성장할 수 있는 시작점이 된다. 직장생활을 하면서 상사로부터 질책을 받거나 혼이 날 때 '참나, 별걸 다 가지고 그러네. 사람이 실수할 수도 있지. 그걸 가지고 꼭 그렇게까지 화를 내야 돼!' 생각하며, 퇴근 후 술을 마시면서 직장 상사를 안주 삼아 씹어대며 넘기는 사람은 그런 비슷한 상황을 계속 반복하게 된다.

롯데면세점에서 근무할 때는 바로 위 상사가 법학을 전공한 분이었다. 보고를 하기 위해 기안서를 올리면 항상 내용이 아니라 문장의 맞춤법과 수준을 지적했다. 때로는 인간적인 모멸감이 들 정도로 심하게 할 때도 있었다. 나도 사람인지라 나중에는 너무 힘들어 안주머니에 사표를 넣고 다니면서 '에라! 한 번 받아버리고 그만둬버릴까' 하는 생각도 한 적이 있었다.

하지만 네 식구의 생계를 책임지고 있는 가장이 그렇게 자기감정대로만 할 수는 없었다. 꾹 참고 그분이 지적한 것을 다시 지적받지 않기 위해 안간힘을 썼다. 시간이 흐르고 나니 그때 그분 덕분에 나는 보고서 기안에 숙달이 되어 후에 임원이 되어 외국기업의 한국 대표 생활을 할 때 큰 도움이 되었다.

누군가로부터 혼이 나거나 질책을 받을 때 '자존심'이라는 단어는 지우고 내가 어떻게 성장하여 탁월한 전문가가 될 것인지에 초점을 맞추자.

● ● ●
에이미 모린의 멘탈이 강한 사람들의 13가지 특징

① 자책하는 데 시간을 낭비하지 않는다.

② 갖고 있는 파워를 절대 내주지 않는다.

③ 변화에 대해 절대 부끄러워하지 않는다.

④ 통제할 수 없는 일에 매달리지 않는다.

⑤ 모든 사람들을 만족시키려 애쓰지 않는다.

⑥ 예측 가능한 위험일지라도 피하지 않는다.

⑦ 과거에 연연하지 않는다.

⑧ 똑같은 실수를 되풀이하지 않는다.

⑨ 다른 사람의 성공에 절대 분개하지 않는다.

⑩ 한 번의 실패에 결코 포기하지 않는다.

⑪ 혼자 있는 시간을 절대 두려워하지 않는다.

⑫ 세상에 빚진 게 있다고 생각하지 않는다.

⑬ 즉각적인 결과를 기대하지 않는다.

돈의 유혹을 이기면
따뜻한 인생을 살 수 있다

얼마 전 안타까운 뉴스를 들었다.

한 형제가 있었다. 형이 로또에 당첨이 되어 12억 원을 받았다고 한다. 평소 배려심이 많았던 형은 갑자기 생긴 큰돈으로 자기만 챙긴 것이 아니라 형제들과 친지들에게도 나누어 주었다. 바로 아래 동생에게는 집을 사주었다. 본인은 남은 돈으로 식당을 차렸다. 식당은 오픈 초기에는 잘 되는 듯 싶더니 서서히 손님이 끊기기 시작하다가 나중에는 적자가 계속 되었다. 이런 와중에도 형은 친구들이 돈을 빌려달라고 하면 거절을 하지 못하고 거액의 돈을 빌려주었다. 동생에게도 찾아가 본인이 사준 동생의 집을 담보로 대출을 받아 친구에게 빌려주기까지 했다. 후에 친구들에게 돈을 돌려받지 못하고 동생 이름으로 대출을 받은 이자까지 갚지 못하는 지경이 되자 형제간 다툼이 심해지기 시작했다. 그러던 어느 날 동생이 형에게 심한 소리를 하자 격분하여 참지 못한 형이 동생을 살해하고 말았다. 형은 징역 15년 형을 선고 받았다.

처음에는 참 우애 좋은 형제였는데 본인들의 의도와는 상관없이 갑작스런 '돈'이 들어오게 되면서 결국 한 가족에게 비극적인 결과가 발생하고만 것이다. 돈은 인생을 유지하는 데 꼭 필요한 것이면서도 종종 이렇게 인생의 주체인 사람에게 전혀 예상치 못했던 불행을 투척하곤 한다.

호텔을 이용한 후에 지불하는 금액에는 보통 서비스 명목으로 10퍼센트의 팁이 포함되어 있다. 그럼에도 단골 고객 중에는 고마움의 표시로 별도의 작은 팁을 주는 분들도 있다. 어느 날 내가 프런트 근무를 하고 있을 때 호텔에 자주 오시던 H고객이 들어오셨다. 나는 환하게 웃으면서 체크인 업무를 도와드렸다. 그런데 고객이 내가 객실 번호가 적힌 방 열쇠를 전해드리는 순간 고객이 내게 봉투를 살짝 건네 주셨다. 나는 의례 일반적인 수준의 금액이 들었을 거라 생각하며 감사의 인사를 드리고 받았다. 업무를 마치고 퇴근을 준비하면서 그 봉투를 열어보고 깜짝 놀랐다. 100만 원짜리 수표가 들어 있었다. 그때 당시 100만 원이면 나에게는 어마어마하게 큰돈이었다.

순간적으로 갈등이 일었다. 사실 별도의 팁을 받을 경우 내부에 보고를 해야 하는 규정이 있었다. 당시에 나는 빠듯한 월급으로 네 식구의 생활비와 함께 대학원 등록금까지 충당하고 있던 시절이라 힘든 상황이었다. 100만 원이면 상당히 도움이 되는 금액이었다. 내가 팁을 받는 걸 보는 사람도 없었다. 오직 고객과 나만 아는 일이었다.

그냥 모른 척하고 주머니에 넣고 가면 그만일 수도 있었다.

하지만 그럴 수는 없었다. 돈 100만 원 때문에 내가 스스로의 양심을 속인다면 앞으로 누구 앞에서도 떳떳하지 못할 것이라는 생각이 들었다. 짧은 시간이었지만 당장의 아쉬운 삶보다는 장기적으로 당당한 삶을 선택하기로 했다. 돈의 금액이 워낙 커서 고객이 봉투를 잘못 준 것일 수도 있다고 생각해 보관을 하고 있다가 그 다음에 고객이 오셨을 때 봉투를 전해드렸다. 고객은 잘못 준 것이 아니라 평소에 내가 본인에게 친절하게 잘 챙겨주어 팁으로 준 것이라고 했다. 그러면서 저녁에 어느 식당으로 오면 좋겠다고 했다. 퇴근 후 약속 식당으로 가니 고객이 지인들과 함께 자리를 잡고 있었다. 내가 도착하자 고객은 지인들에게 "아, 글쎄 체크인 할 때마다 잘해주길래 고마워서 팁을 준 것뿐인데 나에게 돌려준 사람이야."하고 소개를 했다.

그 자리에 있는 분들은 대부분 이미 사업과 사회의 각 분야에서 성공을 거둔 분들이었다. 고객의 따뜻한 소개로 그 때 만났던 분들과 좋은 인연을 맺으면서 삶에 적잖은 힘이 되었다. 특히 그 중에 한 분은 내가 직장생활하면서 결정적인 위기에 직면했을 때 나를 건져준 J분도 계셨다.

면세점 소공점에서 점장을 하고 있을 때였다. 여행사 업체에 수수료를 지급하는 과정에서 담당자의 잘못으로 상당히 큰 금액의 현금 분실 사고가 발생했다. 금액이 커서 상당한 엄중한 징계를 받아야 하는 순간이었다. 나는 일단 상부에 사고 내용을 보고했다. 그리고 점장인 나에게 관리 책임이 있다고 생각하여 어떻게든 그 금액을 채워놓아야겠다는 결심을 했다. 어떻게 해야 하나 고민하던 중 예전 호텔에서 근무하던 중 100만 원 팁을 돌려주면서 가까워진 고객의 지인 한 분이 떠올랐다. 염치 불고하고 연락을 드리고 찾아가 사정을 이야기하고 금액을 빌려달라고 부탁을 했다. 놀랍게도 그 분은 선뜻 큰 금액을 융통해 주셨다. 사고가 발생한 금액을 나는 하루 만에 채워놓았다.

인사위원회에서 징계위원회가 열렸고 예상대로 나는 중징계를 받았다. 중징계를 받았으니 승진에 걸림돌이 될 것이었다. 직장인으로서 승진의 미래가 불투명한 상황을 맞이했다. 살다보면 꼭 내가 아닌 남의 잘못으로 인하여 미래가 불투명해지는 상황이 발생한다. 하지만 나는 모든 것을 하늘에 맡겼다. 행운도 함께 따라와 줘야 하는 것이 아닐까? 다행히도 S그룹에서 새로 부임하신 J사장님은 예상과 달리 사건 자체보다는 신속한 해결의 관점이 중요하다고 여겼는지 모두의 예상을 뒤엎고 나를 부장으로 승진시켜 주었다. 이것은 훗날 내가 꿈과 더 가까워질 수 있게 만드는 내 인생의 디딤돌이 되었다.

만일 호텔에서 100만 원의 팁을 받고 아무도 보지 않았다고 해서 내가 몰래 그 돈을 챙겼다면 나는 어떻게 되었을까? 그 고객의 저녁 자리에도 초대받지 못했을 것이며 그 지인과 인연이 되지도 않았을 것이다. 100만 원의 유혹을 참아냄으로써 이후 수십 배의 혜택을 볼 수 있게 된 것이다. 살다 보면 당장 눈앞에 이익이 될 수 있는 유혹들이 종종 찾아온다. 그 유혹이라는 녀석은 대부분 달콤한 모습으로 다가 온다. 그래서 덥석 물게 되면 나중에 이를 썩게 만들면서 비참한 고통을 안겨준다.

살아보니 갑작스럽게 들어온 돈은 대부분 장기적으로 볼 때 오히려 피해가 되는 경우가 많았다. 돈이 코앞에 찾아와 유혹의 향기를 풍길 때 냉정하게 뿌리치고 거절하자. 남은 인생을 당당하고 따뜻하게 살게 될 것이다.

안 된다고 하면
될 때까지 한다

"5주 동안 많은 도전을 했지만 그걸 어떻게든 이겨냈다. 앞으로 어떤 것이든지 어떤 도전이든지 할 수 있다는 자신감이 생겼다."

5주간의 힘난하기로 소문난 해병대 기초군사훈련을 마친 해병대 1137기 배우 현빈 씨가 KBS2 '다큐멘터리 3일' 해병대 교육훈련단 편에 출연해 남긴 말이다. 당시 현빈 씨는 '시크릿 가든'이라는 드라마로 최고의 인기를 누리고 있을 때 해병대 자원 입대를 선택했다. 유명 연예인들이 병역을 회피하기 위해 꼼수를 부리다가 발각되어 국민들에게 실망감을 안겨준 사례가 많을 때에 현빈의 해병대 입대는 큰 이슈가 되었다. 현빈 씨가 입대할 때 포항까지 2,000명의 팬들이 몰렸다고 하니 참 멋진 선택이었다는 생각이 든다.

해병대 훈련은 힘들기로 정평이 나 있다. 그런데도 해병대 입대 경쟁률은 갈수록 높아지고 있다고 한다. 왜 그런 걸까? 아마도 기초군사훈련을 마친 현빈 씨의 말에 힌트가 있지 않을까. 해병대 훈련을 받고 나서 앞으로 어떤 도전이든 이겨낼 수 있다는 자신감을 갖게 된다는 것이 선배들의 모습에서 나타나고, 그 모습을 닮고자 하는 후배들의 열띤 지원이 계속되는 것이라 여겨진다.

보통 사람들에게는 너무나 평범한 일이 어떤 사람에게는 아무리 원해도 할 수 없는 불가능한 일이 되는 경우가 종종 있다. 남자가 군대에 가는 일은 그냥 평범한 일이다. 그 평범한 일을 나는 할 수 없었다. 군대에 가야 할 20대 초반의 나이에 나는 폐결핵을 앓았다. 너무나 감사하게도 하나님의 은혜로 1년 만에 회복이 되어 대학교에 복학을 할 수 있었다.

징집영장이 두 차례나 발부되었으나 연기할 질병으로 연기할 수밖에 없었다. 집안에서도 당연히 군대는 갈 수 없을 것으로 생각하고 있었다. 세 번째 징집영장이 나왔을 때 신체검사를 받았으나 불합격 판정을 받았다. 물론 당연한 결과였다. 결핵의 병력을 가진 사람이 군 입영 신체검사에서 합격할 수는 없는 노릇이니까. 그러나 나는 거기서 물러서고 싶지 않았다. 건강한 남자들이면 다 다녀오는 군대를 내가 가지 못한다는 것이 견딜 수 없었다. 어떤 사람들은 신체검사 불합격으로 군대를 안 가기 위해 일부러 자해를 하는 경우도 있다고 하는데 나는 반대였다. 갈 수 없는 상황에서 어떻게든 들어가야겠다는 생각을 품었다.

살면서 고통을 견딘다는 것은 힘든 일이다. 남자들에게 인생에서 가장 견디기 힘든 고통의 시기는 아무래도 군 복무 시절이다. 하지만 20대 초반에 나의 의지를 테스트 해보고 싶었다. 나를 이겨보고 싶었다. 삶이 내 앞에 던져 놓은 장애물을 깨보고 싶었다. 당당하게 군 복무를 마치고 사회생활을 하고 싶었다. 질병을 이유로 열외 되고 싶지 않았다. 신체검사에서 한 번 떨어진 후 얼마 후에 다시 재검신청을 했다. 또 불합격이었다. 결핵이라는 병이 그렇게 쉽게 통과될 수 있는 병이 아니었다. 나는 더 신경 써서 건강관리를 했다. 몸을 잘 만들기 위해 운동을 하고 식단을 세심하게 챙기며 다음 신체검사를 준비했다.

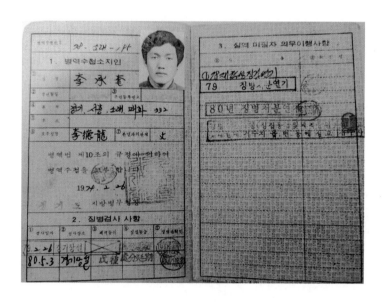

자원입대 세 번째 지원 만에 신체검사를 통과했다. 정말 기뻤다.

남자라면 다 가는 군대를 가게 된 것이 내게는 마치 무슨 특별한 기관에 합격한 것처럼 생각되었다. 그래 나도 나의 한계를 뛰어 넘을 수 있구나, 하는 자신감이 생겼다. 문제는 가족들이었다. 어머니와 아버지께서는 내가 군 입대에 통과한 사실을 알고는 노발대발 하셨다. "그런 몸으로 군 생활 하다가 병이 생겨 평생 문제가 생기면 어떻게 할 거냐."라고 심각하게 말씀하셨다. 취소하라고 종용하셨다. 난 취소도 불가능하고 그럴 수 없다고 말씀드렸다. 이건 내가 꼭 넘고 싶은 산이라고 했다. 결국 논산훈련소에 입대하던 날, 다른 입대 동기들은 모두 가족들이 와서 인사를 나누며 사진을 찍고 할 때 나는 아무도 없이 쓸쓸히 혼자 입대를 해야만 했다. 부모님은 차마 나의 입대를 눈으로 볼 수 없었다. 지금 생각해보니 부모님의 마음을 정말로 걱정시켜드린 결정이었다는 생각이 든다. 하지만 당시의 나는 내가 폐결핵을 이겨내고 앞으로 인생 전체를 잘 살 수 있다는 스스로에 대한 증명이 필요했다. 병영 내무반에 입소 후 개인 물품을 집에 보내면서 부모님께 편지를 쓰는데 하염없이 눈물이 흘렀다. 편지지가 눈물에 젖어 몇 번을 다시 써야 했다.

논산훈련소 수료 후 당시 중앙청 경비대로 자대 배치가 되었다. 중앙청은 정부 주요 인사와 외국의 국빈들도 자주 방문하는 곳으로 경비대의 군기가 일반 부대보다 상당히 센 편이었다. 엄격한 규율과 훈련으로 생활이 상당히 고되었다. 하지만 내가 스스로 선택한 것이었기에 이를 악물고 견뎠다. 경비 근무를 서고 있던 어느 날 경비대장실에서 전화가 왔다. 바로 대장실로 오라는 것이었다. 경비대장실 하고는 특별한 일이 없었기에 '뭐가 잘못 됐나'하며 내심 걱정하며 갔다. 대장실에 도착했더니 놀랍게도 상황은 정반대였다. 경비대장은 내게 "이 일병이 영어를 잘 한다고 들었네. 지금 대장실 당번병이 곧 전역을 하니 이 일병이 인수인계를 받았으면 해서 불렀네."하는 것이었다. 중앙청 경비대장실 당번병은 사실 아무나 갈 수 있는 자리가 아니라고 인식되는 곳이었다. 그 당시만 해도 고위층과 연결이 되어 있거나 뭔가 특별한 배경이 있어야 갈 수 있다고 생각되는 자리였다. 이 세상에 힘을 쓸 수 있는 어떤 인맥이나 배경도 없었던 나에게 그런 자리가 왔다는 것이 정말 놀라울 뿐이었다.

지금 돌아보면 내가 폐결핵이라는 병을 뚫고 스스로 군 입대를 세 번씩이나 재도전해서 들어가는 모습을 보고 인생이 나에게 잠시 선물을 준 것이 아닌가 하는 생각도 든다. 쉬운 길만 찾아가는 인생은 언젠가 반드시 험난한 장애물을 만나기 마련이다. 군 입대를 스스로 피하였다면 오늘의 나는 어떻게 되었을까? 군대생활은 나에게 그 어떤 고난도 견딜만한 힘을 준 것이다. 살아가면서 고통을 만나면 될 때까지 견디는 힘이 필요하다. 젊은 날에 견딤의 힘이 인생의 미래를 결정한다.

최고의 배우 현빈이 해병대를 선택한 것은 스스로 험난한 길을 먼저 선택함으로써 그 후에 찾아올 행운을 미리 예약해 둔 현명한 행동이었다고 생각한다.

꿈을 향한
튜닝 타이밍

'삶에는 어떤 흥분이 있어야 한다. 일상은 그저 지루한 일이나 노력의 연속만이어서는 안 된다. 어제 했던 일을 하며 평생을 살 수 없는 것이 바로 격랑과 같이 사나운 지금이다. 부지런함은 미덕이지만 무엇을 위한 부지런함인지가 더욱 중요하다.'

평생을 한 직장에서 일하며 정년퇴직을 할 수 있었던 시대를 종언시킨 IMF 사태를 겪은 직후, 직장인들의 뇌를 죽비처럼 내리치며 정신 차리라고 외치는 것 같았던 구본형 선생의 『익숙한 것과의 결별』에 나오는 말이다.

그렇다. 한 직장에 들어가 해당 업무에 익숙해지면 모든 것이 편하고 수월하기에 그곳을 떠난다는 것은 본능적으로 어려운 일이되고 만다. 하지만 익숙함에 젖어들어 이제 바깥세상은 어떻게 돌아가는지도 모르고 다른 일은 할 수 없게 되었을 타이밍에 불쑥 날아온 권

고사직이나 구조조정 카드를 받아들었을 때의 황망함을 달래기는 더 어려운 일이다.

꿈을 향해 가는 여정에는 타이밍이 분명히 존재한다. 물론 그 타이밍은 오롯이 본인이 판단할 몫이다. 직장생활을 시작한 사람에게는 몇 가지 진로 옵션이 있다. 먼저 그 회사에서 정년퇴직 할 때까지 승진을 하거나 버티는 것이다. 가장 아름다운 모습은 대표이사까지 진급하여 CEO로서 멋지게 퇴직을 하는 것이다. 그러나 이런 화려한 은퇴는 극히 소수의 경우에 해당한다. 두 번째는 다른 직장으로 이직하면서 승진을 해가는 경우이다. 이 선택도 리스크는 따른다. 막상 이직을 했는데 전에 근무했던 회사보다 못한 경우도 종종 있기 때문이다. 잘 되었을 때는 좀 더 좋은 조건과 환경에서 일하며 자신의 역량과 경험을 쌓을 수 있는 기회가 된다. 세 번째는 직장생활을 어느 정도 하고 난 후 창업을 하는 것이다. 창업을 통해 사업가로서 성공해서 화려하게 조명을 받는 경우도 있지만 사실은 많은 사람들이 초기에 실패를 경험하고 인생의 바닥으로 추락하곤 한다. 성공한 사람들은 사회에 많이 알려지지만 실패한 사람들은 말이 없기에 실패에 대한 위기의식 없이 창업에 도전하는 사람들이 꽤 많은 것이 현실이기도 하다.

직장인은 싫든 좋든 이 세 가지 옵션 중에 하나를 선택해야 한다. 나는 첫 직장이었던 호텔에서 3년 정도 근무했을 때, 일상에 대한 설렘이 사라져가는 것을 느끼기 시작했다. 업무가 익숙해지고 모든 루틴에 몸에 익어 자동반사적으로 움직이고 있었다. 호텔 업무는 사람을 대하는 것이 가장 중요한 일로서 여러 가지 돌발 상황도 발생하긴 하지만 3년 정도 지나고 나니 대부분의 일들이 예측 가능해졌다. 그러다보니 일터에서 어떤 '흥분'을 느낄 수가 없었다.

많은 고민을 했다. 이곳에서 계속 있다면 과연 내게 어떤 보람이 있을까? 무엇을 성취할 수 있을까? 어디까지 갈 수 있을까? 20년 후의 내 모습은 과연 나에게 어떤 의미로 다가올까? 호텔에서의 미래를 떠올리니 이상하리만치 내 가슴이 뛰지 않았다. 정확한 이유는 알 수 없었다. 말로 표현하긴 어려웠지만 뭔가 2퍼센트 부족한 느낌이 들었다. 아! 뭔가 조정이 필요한 순간이구나, 하는 생각으로 이어져 갔다.

결국 이직을 감행하기로 했다. 두렵고 떨렸지만 이 순간을 놓치면 적어도 10년 이상은 움직일 용기가 나지 않을 것이라는 막연한 생각이 들었기 때문이다. 여러 가능성을 타진하던 중 대학 졸업 때 스펙이 부족해 지원조차 못했던 국내 대기업을 선택했다. 당시 롯데그룹에서 경력직 공채 모집을 하고 있었다. 이전 직장에서의 경험과 영어 실력을 바탕으로 무난히 합격을 할 수 있었다. 영어 특기로 인해 면세점 분야에서 일을 하게 되었고 그 쪽 분야에서 25년을 일하며 임원의 위치까지 갈 수 있었다. 그 이후에는 그때까지의 경험을 기반으로

하여 최고의 글로벌 기업 보석회사와 면세점의 한국 대표가 되었다.

한 번 지나가면 돌이킬 수 없는 불가역적인 인생의 특성상 가장 조심해야 할 것이 바로 익숙함에 속아 인생의 후반부를 망치는 것이다. '소년급제'라는 말이 있다. 옛날에 너무 어린 나이에 과거시험에 합격하여 관직에 올라 중년이 되어 뜻하지 않은 시련을 만나게 된다는 말이다. 인생의 전반부를 아무리 화려하게 살더라도 인생의 후반부가 어렵게 되면 비극뿐인 인생을 살게 되는 것이다.

직장생활을 잘 하려면 늘 깨어 있어야 한다. 업무가 익숙해진 나머지 관성과 타성에 젖어 그저 기계적으로 일을 하고 있지는 않은가, 스스로를 되돌아보아야 한다. 만일 그렇다면 회사에 자신이 먼저 건의하여 부서를 옮겨달라고 하는 것이 좋다. 예를 들면 총무부에 오래 있었으면 과감하게 영업부로 보내달라고 해보라. 영업부에 오래 있었다면 관리부서에 근무하게 해 달라고 요청해보라. 새로운 부서에 새로운 업무를 하면서 스스로 긴장감을 가질 때 정신이 깨어나고 조직에 어떤 변화가 오더라도 본인이 적응하고 선택할 수 있는 옵션이 많아지게 된다.

만일 조직 내에서 그러한 변화를 경험할 수 없다면 두렵지만 새로운 곳을 알아보는 것도 필요하다. 지난 시절 IMF와 금융위기, 그리고 요즘의 코로나19 바이러스 사태에 이르기까지 이제는 삶의 환경이 내가 지금 있는 곳에서 나를 끝까지 안전하게 책임져줄 수가 없는 상황이다. 개인이 스스로 다양한 경험을 하면서 준비해야만 한다. 그 저 조직에 의지하고만 있다가 그 조직조차 흔적도 없이 사라지는 경 우가 많기 때문이다.

꿈을 향해서 일직선으로 나아갈 수 있는 경우는 거의 없다. 많은 순간 꿈을 향한 튜닝의 타이밍, 조율의 시간이 필요하다. 가슴이 뛰 는가? 설렘이 있는가? 어떤 흥분이 있는가? 이 질문에 모두 아니라 고 답한다면 이제 튜닝을 해야 할 단계인지도 모른다. 새로운 변화를 모색하는 단계 말이다.

불리한 상황은
명품 리더를 위한
최고의 선물이다

세계 최고 명품 보석 사업 유치의
시작이 달랑 책상 두 개

'1903년 12월 17일'

인류 최초로 인간이 하늘을 나는 비행에 성공한 날이다. 주인공은 라이트 형제였다. 라이트 형제의 이 비행성공으로 오늘날 우리는 전 세계 어디든 비행기를 타고 여행을 할 수 있게 되었다.

얼마 전 세계적인 명사들의 무료 강연 프로그램인 테드TED에서 사이먼 사이넥Simon Sinek이라는 저자가 하는 흥미로운 강연을 들었다. 바로 이 인류 최초의 비행에 관한 것이었다. 라이트 형제가 비행을 연구할 당시 사실은 경쟁자가 있었다고 한다. 그의 이름은 사무엘 피어폰 랭리. 하버드대학교를 나왔고 최고의 지성인들이 모인다던 스미스 소니언 협회 회원이었으며 미 육군성에서 5만 불을 지원받았다고 한다. 그리고 그의 주변에는 당시 최고의 기업인들과 교수진들이 있었다.

뉴욕타임즈를 비롯한 언론들은 당연히 랭리가 비행기를 세계 최초로 발명해낼 것으로 예상을 했다. 그러나 결과는 아무런 지원도, 세상의 관심도 받지 않고 자전거 수리를 하면서도 비행에 대한 꿈과 열정으로 도전했던 라이트 형제가 먼저 해내고 말았다. 랭리는 이 소식을 접하자 바로 비행 연구를 접었다고 한다.

이 강연을 듣다보니 나도 롯데면세점에서 보석 사업부에 발령을 받았을 때 생각이 났다. 당시의 나는 화려한 외양을 갖춘 호텔에서의 반복되는 일을 떠나 롯데그룹에 이직을 했다. 그룹에서는 내가 영어가 가능하다는 것을 고려해 나를 면세점으로 배치를 했다. 나는 새로운 직장에서의 첫 출발을 다소의 긴장감과 설렘을 안고 시작했다. 내가 처음 맡게 된 업무는 해외 명품 보석을 유치하는 일이었다.

호텔 프런트에서 접객 위주의 업무를 하다가 갑자기 '보석'이라는, 전혀 처음 접하는 분야의 일을 맡게 되니 적잖이 당황스러웠다. 당시 면세점에는 수입품과 토산품 사무실이 있었다. 유통업이고 명품을 취급하는 곳이라 수많은 거래처들이 수시로 방문하며 늘 북적댔고 활기찼다. 그들은 모두의 업무영역이 명확했고 자신들의 자리가 다 있었다.

그러나 기존 직원들과 함께 일을 해본 경험도 없이 나를 포함한 단 두 사람이 그 업무를 추진해야 했다. 업무는 '해외 명품 보석사업 유치'라는 거창한 프로젝트 이름으로 진행되었지만 정작 정확한 부서 명칭도 없었으며 사무실 한구석에 달랑 책상 두 개 밖에는 준비된 것이 없었다. 경력직원으로 들어왔기에 밑에 사무 업무를 보조하는 직원이 있을 것이라고 기대했지만 그렇지도 못했다. 모든 업무를 직접 새로 찾아내고 만들어내야 하는 상황이었다.

회사에서도 처음 해보는 일이라 그 업무 프로세스에 대해 아는 사람은 없었다. 난감했다. 전 직장에서 어느 정도 일이 익숙해지면서 반복되는 업무에 나 자신이 안주해 뒤쳐질까봐 선택했던 이직이었다. 헌데 새 직장의 모습은 나의 예상과는 완전히 다른 모습으로 나타났다. 만일 이직을 하지 않고 그대로 있었다면 직원들과 웃으면서 편하게 지낼 수 있었는데 괜히 이직을 선택해 괄시를 받는구나 하는 생각도 들었다. 역시 인생은 예상대로만 흘러가지 않는다. 만일 그랬다면 모든 사람에게 다양한 모습으로 등장하는 고난과 고통은 없었으리라.

이직에 대한 후회가 잠시 올라왔지만 이미 주사위는 던져졌고 나는 강을 건넜다. 내가 생각했던 조건이 제대로 갖추어져 있지 않고 환경이 불비하다고 불평만 하고 있어봐야 나를 이해하거나 동정해 줄 사람도 없었다. 모든 걸 오롯이 혼자 견디며 극복해내야 했다. 상사도 만만치 않은 분이었다. 보고서의 내용보다도 문장의 어법과 철자를 가지고 수시로 야단을 쳤다. 속은 상했지만 참아야 했다. 이제 새로운 장소, 새로운 사람들에게로 옮겨온 것이므로 일정 기간 동안은 익숙하지 않은 환경, 익숙하지 않은 사람에 적응하는 기간이 필요하다고 생각했다.

그리고 내가 잘할 수 있는 일에서는 나만의 존재감을 나타내고자 했다. 회사에서는 보석 사업의 빠른 추진을 위해서 국제보석감정사가 필요하다고 판단했다. 놀랍게도 인사과에서는 나를 국제보석감정사가 될 수 있는 교육에 해외 연수를 보내기로 결정했다. 기존에 있던 직원들은 해외연수에 발탁된 나를 부러워했지만 정작 나는 보석 사업 업무의 정립과 미국보석학회의 연수를 준비하는 두 가지 일을 병행하며 눈코 뜰 새 없이 정신없는 시간을 보냈다. 다행히 이전에 미국 유학을 준비하며 해보았던 경험이 있어서 일을 잘 처리할 수 있었다.

보석 수입 업무에 대한 일도 맨땅에 헤딩하듯 하나하나 프로세스를 정립해갔다. 보석을 수입하기 위해서는 세관의 허가를 받아야 한다. 세관원에게 찾아가 관련 내용을 문의하니 보석에 대해서는 아직 수입 코드(HS코드)도 나와 있지 않았다. 세관원과 함께 관련 자료를 찾아가며 처음으로 보석 수입 코드도 만들었다. 지금 돌이켜보면 정해진 매뉴얼이나 경험도 없이 처음 접한 일들을 하느라 몸도 마음도 힘들었지만 그때의 경험이 그 이후 다가온 비즈니스 전쟁터에서의 전투현장에서 성과를 낼 수 있게 된 소중한 바탕이 되었다고 생각한다.

인생이란 그렇다. 모든 것을 다 갖추어놓고 편안하게 정해진 대로만 움직이면 먹고 살 수 있는 환경을 절대로 허락하지 않는다. 만일 그런 환경이 허락되었다면 그것은 행운이 아니라 불행으로 이어지는 지름길이 될 것이다. 왜냐하면 한 번 그런 환경에 익숙해진 사람은 삶의 전투력을 잃어버리고 말아 결국 나약한 순응쟁이가 되기 때문이다. 그렇게 되면 조그만 시련에도 쓰러질 것이 뻔하다. 대부분 인생은 인간에게 문제를 파도처럼 보낸다. 파도는 달의 인력이 존재하는 한 끝없이 밀려온다. 인생의 문제도 하나가 지났다 싶으면 다음 문제, 또 그 다음 문제가 오기 마련이다. 문제를 피해 가지 않고 직면하여 부딪쳐 타고 넘을 때에야 비로소 다음 파도가 와도 두려움 없이 넘을 수 있게 되는 것이다.

꿈의 씨앗을 뿌려 놓으면
언젠가는 싹이 튼다

1364년 경남 진주에 씨앗이 몇 개 뿌려졌다. 씨앗은 대부분 죽고 그중에 하나가 살아남아 꽃이 피어 100여 개의 씨앗을 얻었다. 매년 재배량을 늘린 끝에 1367년에는 동네 주민들에게 나누어 주어 심어 기르도록 하였으며 10년 후에는 나라 전체에 보급이 될 수 있었다.

그 씨앗은 바로 목화 씨앗이었다. 그 전까지 백성들은 사계절 내내 주로 삼베옷을 입을 수밖에 없었다고 한다. 삼베옷은 여름에는 시원하고 좋았으나 겨울에는 추위를 막아주지 못해 백성들이 심한 고통을 겪었다. 그런데 1360년 원나라에 사신으로 갔던 문익점이 목화씨앗을 몇 개 가지고 온 것이다. 어린이 위인전에서는 문익점이 붓두껍에다 몰래 목화씨를 넣어왔다는 일화를 소개하며 드라마틱한 긴장감을 연출하고 있지만 정사에 그런 기록은 없다고 한다.

아무튼 문익점이 목화씨를 몇 개 가지고 와서 그의 장인 정천익과 함께 씨앗을 심었는데 다행히 정천익이 심은 씨앗에서 꽃이 피어 전 국적인 보급이 가능했다. 문익점과 정천익은 이후 원나라 승려 홍원 의 도움을 받아 솜에서 씨앗을 빼는 씨아와 실을 잣는 물레를 개발하 여 백성들이 따뜻한 목면으로 옷을 해 입을 수 있게 하였다.

씨앗 한 알을 보면 아무것도 아닌 것처럼 보인다. 하지만 그 씨앗이 땅에 심겨지고 시간이 지나 꽃을 피우게 되면 씨앗의 모습일 때와는 완전히 다른 차원의 모습이 된다. 인생에서도 씨앗을 뿌리는 일은 중 요하다. 인생을 완전히 반전시키는 결과를 가져올 수 있기 때문이다.

그는 고등학교를 졸업하고 포클레인 조수, 오락실 홀맨, 신문 배 달, 물수건 배달, 가스 배달, 택시 기사, 조경 공사장 인부, 토목 공사 장 인부 등 몸으로 할 수 있는 일은 가리지 않고 해가며 삼시 세끼 생 계를 해결했다. 일과를 마치면 몸은 완전히 파김치가 되어 손가락 하 나 까딱하기 힘든 상태가 되고 말았다. 하지만 그때부터 그는 씨앗을 뿌리기 시작했다. 공부를 했던 것이다. 학교 다닐 때는 싸움도 하고 공부에는 관심도 없어 제대로 해본 적이 없었다. 하지만 몸으로 뛰는 일을 하고 난 후에는 한 번뿐인 인생을 이렇게 살다 갈 수는 없다고 생각했다. 이후로 마음을 다잡고 공부를 시작했다.
기초가 안 되어 있으니 진도가 쉽게 나가지 않았다. 몸은 피곤하 고 눈꺼풀은 바위처럼 무겁게 내려왔지만 찬물로 세수를 해가며 책 을 뚫어져라 쳐다봤다. 5년을 그렇게 낮에는 소위 '노가다'를 뛰고 밤에는 새벽까지 공부를 했다. 1996년 그는 서울대학교 인문계열 수석으로 법학과에 합격했다. 2003년에는 사법시험에 합격하여 법조인의 길을 걷고 있다. 『공부가 가장 쉬웠어요』를 쓴 장승수 저자 이야기다.

그가 정말 공부가 쉬워서 그렇게 5년 동안 한 것일까? 가난한 집안 형편에 먹을 것이 없어 노동으로 생계를 유지하면서 공부하는 게 정말 쉬운 걸까? 그렇지 않다. 그건 정말 힘든 일이다. 그건 정말 엄청나게 어려운 일이다. 하지만 그 일이 가능했던 것은 하루하루 씨앗을 뿌렸기 때문이다. 5년이 될 지, 10년이 될지는 몰랐지만 하루하루 씨앗을 멈추지 않고 씨앗을 뿌렸기 때문에 가능했던 일이다.

어렵고 힘들기 때문에 씨앗을 뿌려야 하는 것이다. 그렇지 않으면 평생 그 굴레에서 벗어나는 것은 불가능하기 때문이다. 무언가 새로운 시도를 해야 새로운 결과가 나오기 마련이다. 시간이 남아서 씨앗을 뿌리는 것이 아니라, 도저히 시간이 없고 살기가 힘든 상황에서 씨앗을 뿌려야 한다. 그래야 씨앗이 자라 몇 년 후에라도 빠져나올 수 있을 것이 아닌가.

나는 대학시절에 영문학을 전공했다. 영문학 교수님들의 강연 모습이 너무나 멋져 보였다. '나도 저렇게 되고 싶다.'는 생각이 내 가슴을 불쑥불쑥 치고 올라왔다. 어떻게 하면 저런 모습이 될 수 있는지 주변 사람들에게 물어보았다. 일단 유학을 갔다 와야 한다고 했다. '유학이라구?' 나는 집안이 어려워 대학교 등록금도 겨우 마련하고 있을 정도였다. 유학 비용은 꿈도 꿀 수 없는 처지였다. 하지만 한 번 내 마음속에 자리 잡은 생각은 쉽게 지워지지 않았다. 구체적으로 유학을 준비하고 있는 선배들을 통해 알아보니 토플 점수가 높으면 장학금으로 갈 수 있는 길도 있다고 했다.

'그래, 장학금이야. 장학금을 받아서 가야지!' 나는 그때부터 토플 시험을 준비했다. 부모님께는 아예 유학 얘기는 꺼내지도 못하고 토플 학원에 가겠다는 말씀도 드릴 수가 없었다. 학원을 다닐 수 없는 형편이었으므로 혼자 독학을 했다. 도서관에 틀어박혀 무료로 볼 수 있는 토플관련 참고서적들을 많이 활용했다. 늘 영어책을 끼고 살았다. 24시간 영어만 생각했다. 문제를 풀고, 풀고 또 풀었다. 잘 외워지지 않는 어려운 단어들은 따로 단어장을 만들어 들고 다녔다. 단어장을 수시로 들여다보며 그 단어들을 입으로 중얼거리며 외웠다. 아마 지나가는 사람들이 보기에는 내가 꼭 넋이 나간 사람처럼 보였을 것이다. 그 결과 나는 마침내 토플 시험을 치르고 점수를 받았다.

점수는 '535점'.

당시 토플 점수 550점을 넘으면 미국 IVY리그를 포함한 TOP10 학교에 갈 수 있다고 했다. 아쉽게도 그 점수에는 미치지 못하고 유학비용도 여의치가 않아서 유학은 접어야만 했다. 그 후 13년이 흘러 나는 롯데그룹의 면세점에서 해외 명품 보석사업 유치 업무를 담당하게 되었다. 해외 명품 보석유치 사업이 신속하게 진행되기 위해서는 국제보석감정사 자격증이 필요하다고 했다. 자격증은 미국보석학회에서 받을 수 있었다. 미국에서 공부를 하려면 토플 점수가 있어야 했다. 인사팀에 확인해보니 보석학회에서 업무 관련자 중에서 토플 성적이 있는 사람은 나뿐이었다. 회사에서는 이런 나에게 임무를 주었다. 미국에 가서 보석관련 공부를 하고 자격증에 도전하라는 임무였다. 물론 정규학부 과정을 공부하는 과정은 아니었지만 어쨌든 미국 유학을 떠날 수 있는 기회였다. 그 결과 나는 미국보석학회에서 공부를 하고 그곳에서 국제보석감정사 자격증을 취득했다. 당시에 밀수 시장에 전적으로 의존했던 한국 보석 시장에서 국제보석감정사가 탄생한 순간이었다.

미국에서 취득한 국제보석감정사 자격증

목화씨 한 알이 심어져 10년 후에는 나라 백성 전체가 따뜻한 옷을 입을 수 있었다. 막노동을 하면서도 꿈을 포기하지 않고 공부의 씨앗을 뿌려 5년 후 서울대학교 법학과를 수석으로 입학하였다. 유학 갈 돈이 없었지만 독학으로 토플 공부를 해놓았더니 13년 후 미국보석학회에 공부를 하러 갈 수 있게 되었다.

씨앗을 뿌리면 언젠가는 그 싹을 보게 되어 있다. 지금 힘든 상황에 있을수록 씨앗을 뿌려야 한다. 그 기간은 5년이 될 수도, 10년이 될 수도 있지만 결국 그 보답을 받게 될 것이다.

양보는 지는 습관이 아닌 이기는 습관이다

'내일은 미스터 트롯'이라는 TV프로그램이 코로나19 바이러스 사태로 힘들어 하는 국민들의 마음에 힘을 주면서 큰 화제가 되었다. 특히 최후의 7인으로 선정된 가수들은 오랜 무명의 세월을 딛고 새로운 스타로 떠오르며 아직도 꿈을 향해 이름 없이 뛰고 있는 많은 사람들에게 희망을 선물하였다.

경연 과정에서 최후의 7인을 선정하기 위한 본선 4차전 2라운드가 펼쳐졌다. 본선에서는 '1대1 한 곡 대결' 순서가 있었다. 두 사람의 가수가 한 노래를 부르면서 심사위원들의 평가를 통해 총 300점의 점수를 나누어 받는 시간이다. 실제로 경연에서는 300 대 0이라는 점수가 몇 차례 나와 보는 이들을 깜짝 놀라게 했다.

이 경연 가운데 가장 기억에 남는 장면이 있었다. 참가자 중 최고령자였던 장민호 씨와 가장 어린 정동원 군의 대결 무대였다. 경연에

앞서 14살의 정동원 군은 "민호 삼촌이 우리 아빠보다 두 살이 더 많아요. 삼촌도 이거 잘 하셔서 결혼하셔야 하는데 나도 중요한 대결이라 안 봐줄 거예요."라고 출사표를 던졌다.

경연이 시작되고 한 곡의 노래를 두 사람이 각각 파트를 나누어 불렀다. 그런데 경연이 진행되는 동안 어느 누구도 그 장면이 300점의 점수를 서로 빼앗아야 하는 경쟁이라고 느낄 수가 없었다. 그냥 친삼촌과 조카가 한 노래를 부르고 있다는 느낌이었다. 경연을 보는 심사위원들도 흐뭇한 웃음으로 바라보았고 시청자들도 따뜻하고 편안한 느낌으로 볼 수 있었다.

결과는 '210 대 90'이었다. 정동원 군의 압도적인 승리로 끝났다. 경연 후에 심사위원 조영수 작곡가는 이런 심사평을 했다.

"두 사람이 남성이지만 정동원 군이 변성기가 오지 않아서 음역대가 여성이라 둘이 하기 힘들었을 텐데 장민호가 많이 양보를 한 것 같다. 정동원이 돋보이도록 하는 선배의 배려하는 모습이 보였다."

나도 조영수 작곡가의 심사평에 전적으로 동의하는 마음이었다. 세상이 갈수록 경쟁이 치열해지면서 우리는 무조건 이겨야 생존할 수 있다는 압박을 받고 있다. 하지만 사람이 모여 사는 인생은 그런 약육강식의 동물세계와는 분명 다른 측면이 있다. 인간은 본능도 있지만 따뜻한 마음도 가지고 있다. 이겨서 살아남아야 한다는 것도 알지만 상대방을 위한 배려와 양보가 아름답다는 생각도 하는 존재다. 이날 장민호의 아름다운 양보를 보는 내내 마음속에서는 '저런 친구가 잘 되어야지. 저 친구를 도와주고 싶다.'는 생각이 가득했다. 실제로 장민호는 이날의 모습을 통해 시청자들로부터 더욱 사랑받는 가수가 되었고 팬들도 늘어났다고 한다.

롯데면세점에서 해외 명품 보석사업 유치 담당을 하고 있을 때 회사에서는 국제보석감정사 자격증을 가진 직원이 필요했다. 당시 그 업무를 담당하고 있던 사람은 나와 다른 동료 두 사람이었다. 그때 나는 토플 점수를 취득하고 있었고 동료는 영어는 잘 했으나 토플 점수가 없었다. 회사에서는 당연히 나에게 미국보석학회에서 공부할 수 있는 우선권을 주었다. 그런데 동료가 몇 가지 사정을 이야기하면서 본인이 먼저갈 수 있도록 해주면 안 되겠느냐며 부탁을 해왔다.

사실 그 부탁을 들어주면 내가 다시 자격증 공부를 하러 갈 수 있다는 보장도 전혀 없었다. 그가 자격증을 따고 나면 나에게 어떤 변동사항이 있을지도 모르는 상황이었다. 나는 잠시 생각할 시간을 달라고 했다. 그리고 며칠 후 동료에게 내가 양보하겠다고 말을 해주었다. 회사에도 그렇게 보고를 했다. 동료는 조건부로 입학 허가를 받고 떠날 수 있었다.

나는 20대 초반에 연탄가스 중독으로 죽다가 살아났다. 그 이후 내 인생은 덤으로 사는 인생이라고 생각했다. 언제 무슨 일로 마감할지 모르는 것이 인생이었다. 내가 양보함으로 인해서 한 사람의 인생이 더 행복해질 수 있다면 기꺼이 양보하기로 한 것이다. 가치관은 선택을 결정한다.

동료가 떠난 후 홀로 익숙하지 않은 모든 일을 해야 하니 며칠간은 일이 손에 잡히질 않았다. 하지만 동료가 잘 마치고 돌아와서 나와 올바른 교체가 있을 것을 간절히 믿었다. 그리고는 마음 속 깊이 나도 반듯이 미국보석학회에 유학을 가서 국제보석감정사 자격증을 획득하여 나의 못다 한 꿈을 이루겠다고 단단히 마음을 부여 잡았다.

늘 평가받고 비교되는 직장생활을 하다 보면 누군가를 밟고 일어서야 내가 잘 될 수 있다는 생각을 하기 십상이다. 인생의 본질을 깊이 생각하지 않고 상황에 적응하기 위해 살다 보면 그런 생각에 떠밀려 행동할 수밖에 없게 된다. 하지만 죽음의 문턱을 넘어본 나는 인생을 다르게 보게 되었다. 양보는 지는 것이 아니다. 양보는 오히려 이기는 습관이다. 삶의 욕심을 이기는 습관, 조급한 성공 욕구를 이기는 습관, 얄팍한 인간관계를 이기는 습관. 어쩌면 이 습관 덕분에 나는 후에 세계 최고 보석과 면세점의 최초 한국 대표를 할 수 있었던 게 아닌가 생각한다.

국제보석감정사 공부를 하며
'인생 감정'을 배우다

　보석을 배우면서 알게 되었다. 수많은 보석마다 그것만의 고유한 속성과 형태가 있다는 사실을 말이다. 보석 중의 보석 다이아몬드만 해도 기준과 세공 방식에 따라 천차만별이었다. 인간도 마찬가지란 생각이 든다. 자신만의 고유한 속성과 모습에 따라 독특한 가치를 지닌 존재가 바로 인간이다. 각각 다른 특성을 가진 존재이기에 다른 누군가와 비교하며 부러워할 필요가 전혀 없는 것이다.

　다이아몬드는 킴벌라이트Kimberlite라고 하는 원석은 가공과 연마의 세공 과정을 통해 탄생하는 보석이다. 다이아몬드의 가격을 결정하는 기준에는 '4C'라는 것이 있다. 첫째, 캐럿Carat은 다이아몬드의 크기 즉 중량을 말한다. 캐럿에 따라 수백억 원까지 나가는 것도 있다. 둘째, 클래러티Clarity는 다이아몬드의 투명도를 뜻한다. 외부의 상처와 내부의 흠 정도에 따라 11개 등급으로 구분된다. 셋째, 컬러Color는 흔히 많이 아는 화이트 다이아몬드 외에도 핑크, 레드, 옐

로우, 블루 등 다양한 색상이 존재한다. 블루 다이아몬드와 레드 다이아몬드는 다이아몬드 중에서도 희귀하여 구하기도 어렵고 최고의 다이아몬드에 속한다. 넷째, 컷Cut은 다이아몬드의 모양으로 아이디얼 컷Ideal Cut, 화인 컷Fine Cut, 얇은 컷Shallow Cut, 깊은 컷Deep Cut등 여러 가지로 구분된다.

영화 '타이타닉'에서 여주인공 로즈가 약혼자에게 받은 대양의 목걸이라는 다이아몬드는 미국 스미소니언 자연사 박물관에 전시되어 있는 블루 다이아몬드를 모티브로 했다고 한다. 1975년 그 다이아몬드를 측정한 결과 45.52캐럿에 약 2,700억 원의 감정가가 나왔다고 알려져 있다.

보석감정을 공부하기 위해 미국행 비행기를 탔을 때 내 마음은 너무도 설레었다. 20대부터 꿈꾸던 미국에서의 공부를 경험할 수 있다고 생각하니 그동안 회사에서 시달렸던 어려움이 씻은 듯이 잊혀졌다. 도착하자마자 일단 한인타운에 숙소를 정했다. 모든 것이 낯설고 어색했지만 하나씩 해결해가면서 입학 준비를 마쳤다.

미국보석학회(GIA: Gemological institute of America)의 커리큘럼은 다이아몬드, 컬러스톤, 디자인, 제조과정 등으로 구성되어 있었다. 나는 해외명품보석을 취급하는데 실무적으로 가장 중요한 다이아몬드 감정 과정을 선택했다. 교육은 오전 10시부터 오후 6시까지 스파르타

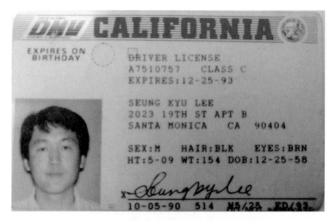

식으로 강도 높게 진행되었다. 교육 첫날, 나는 '멘붕'상태에 빠지고
말았다. 한국에 있으면서 실무에서 어느 정도 영어를 사용하면 큰 문
제가 없었기에 영어로 수업을 받는 것이 어렵게 느껴질 것이라고 전
혀 생각하지 못했었다. 그런데 원어민 교수의 첫 영어 수업을 거의
알아들을 수 없었다. 더구나 그때 당시만 해도 나는 보석 관련 전문
용어에 대한 지식이 전무한 상태였으므로 교수의 강의가 무슨 말인
지 도통 이해할 수가 없었다.

미국보석학회에서 공부하던 당시의 면허증

결국 영어교재와의 치열한 사투를 시작했다. 오후 6시에 수업을
마치면 집으로 돌아와 간단히 저녁을 먹고 영어교재에 나온 용어들
을 사전을 통해 찾아가며 새벽 3시까지 공부했다. 대학 입학시험을
준비할 때보다 더 열심히 공부한 것 같다. 이렇게 몇 개월을 공부하
고 나니 교수들의 설명이 어느 정도 귀에 들어오기 시작했다.

국제보석감정사 시험은 두 가지로 이루어진다. 필기시험과 실기시험이다. 필기시험은 총 3번의 기회가 주어지는데 그동안 밤을 새워가며 공부한 덕분인지 1차에 바로 합격을 했다. 문제는 실기시험이었다. 실기시험은 총 5번의 기회가 있다. 플라스틱 박스에 무작위로 20개의 스톤을 넣어주고 스스로 각종 테스트를 해보면서 각 스톤의 속성을 100퍼센트 맞춰야 합격이 된다. 나는 3번 연속해서 탈락의 고배를 마셨다. 정신이 번쩍 들었다. '이러다 불합격하면 회사에 어떻게 돌아가지?'하는 불안감도 찾아왔다. 사실 불합격하면 망신스러워서 돌아갈 수도 없는 처지였다. 두려움에 몸서리가 쳐졌다.

혼자서는 해결할 수 없다는 생각이 들어 교수 한 분을 붙잡고 늘어졌다. 나는 합격하지 않으면 안 된다는 절박함을 토로하며 하루 종일 교수에게 내가 실수했던 스톤들에 대해서 집중적으로 질문하고 배웠다. 다행히 교수는 나의 열정과 간절함을 높이 평가하면서 세심하게 지도해주었다. 결국 4번째 실기시험에서 합격할 수 있었다. 모든 시련은 결국 실패가 아니라 완성으로 가는 과정이다.

진짜 다이아몬드는 땅속 깊은 곳의 광맥에서 커다란 원석을 캔 다음 자르고 다듬고 갈아 연마하면서 전문 세공사의 정성을 다한 세공 과정을 거쳐 찬란한 다이아몬드로 탄생한다. 가짜 다이아몬드는 외형만 진짜 다이아몬드와 비슷한 돌을 찾아 유사하게 깎아서 만든다. 가짜는 아무리 캐럿이 크고 외형이 진짜처럼 빛이 나 보여도 결국 보석감정사에 의해 들통나기 마련이다. 전문가의 검토 과정을 통해 가짜라는 낙인이 찍히기 마련이다.

인생도 마찬가지다. 진짜 인생은 외형만 번지르르하게 갖추어져 있다고 되는 것이 아니다. 시련의 불길이 타오르면 겉모습만 비슷한 가짜들은 순식간에 무너지고 사그라들기 마련이다. 진짜는 반복되는 연마를 통해 단단해지고 날카로워지며 스스로 빛을 발하게 된다. 내게 찾아왔던 인생의 고난들은 나를 더욱 단단하게 단련시켜주는 연마의 과정이었다는 생각이 든다.

보석 감정을 배우러 갔다가 인생 감정을 배우고 왔다.

불리한 환경을 뛰어 넘는
리더의 간절함

롯데면세점의 잠실점 점장으로 근무할 때의 일이다. 롯데면세점은 소공점과 잠실점을 두고 있었다. 당시에는 소공동이 명품 판매의 중심이 되는 시기였다. 많은 명품 브랜드가 소공점에 입점해 있었고 외국인들도 소공동 부근의 호텔에 숙소를 정하는 경우가 많았다. 따라서 월말 판매 결산을 통해 각 지점의 브랜드별 판매실적으로 비교해보면 같은 브랜드라고 하더라도 소공점의 매출이 높게 나왔다. 그러한 결과는 당연하다고 인식되었다.

그런데 신기하게도 특정한 한 가지 Y뷰티브랜드의 매출만 잠실점의 매출이 소공점의 매출을 능가하고 있었다. 잠실점 점장이었던 나는 그 브랜드의 판매 매니저에게 깊은 관심을 가지고 그를 지켜보았다. 그를 가까이에서 유심히 관찰하기도 하고 개인적으로 만나 어떤 비결이 있는지 대화도 나누면서 그 브랜드의 판매실적이 높을 수밖에 없는 이유를 알게 되었다.

내가 가장 감동한 것은 매니저가 가진 자신의 일에 대한 좌우명이었다. 그는 다음과 같은 좌우명을 바탕으로 하루를 최선을 다해 살았다.

1. 판매는 나의 천직이다.
2. 판매할 때가 제일 행복하다.
3. 나는 고객을 위해 존재한다.
4. 내가 이 매장의 주인이다.

보통 판매직에 근무하는 사람들은 판매하는 일을 하면서도 자신의 일을 부끄러워하는 경우가 많았다. 그러나 이 매니저는 판매를 자신의 천직으로 여겼다. 당당하게 자신의 천직에서 최고가 되고 싶어 했다. 그리고 그는 판매하는 순간을 진심으로 행복하게 느꼈다. 고객이 오면 고객의 환심으로 사기 위해 인위적인 미소를 짓는 것이 아니라 자신이 정말로 행복해서 웃었다.

얼굴 표정만으로 상대방이 어떤 감정인지 알아내는 비언어적 커뮤니케이션의 대가 폴 에크만Paul Ekman 박사는 "표정으로 웃는 얼굴을 연기할 수는 있으나 그 사람의 진짜 본심은 감출 수가 없다."라고 말했다. 잠실점의 매니저는 자신이 진짜 행복해서 웃고 있었으니 그 마음이 고객에게 전달되지 않을 리가 없었다.

무엇보다 그는 자신이 월급을 받는 매니저이면서도 스스로를 그

매장의 주인이라고 생각하고 있었다. 식당에만 들어가도 인사하는 모습을 보면 그 사람이 주인인지 직원인지 금방 구분이 된다. 진짜 주인과 직원의 마음가짐은 그만큼 다른 것이다. 그러니 자신을 매장의 주인이라고 생각하는 사람의 행동과 자신을 일개 점원이라고 생각하는 매니저들의 행동이 다를 수밖에 없었던 것이다.

그는 고객이 매장에 들어오면 누구보다 진심으로 반가운 얼굴과 표정으로 고객을 맞이했다. 그리고 고객의 눈과 얼굴, 옷 스타일을 보며 고객에게 적합한 소재를 찾아 대화의 물꼬를 튼다고 했다. 그런 다음 고객 곁에 바짝 붙어 물건을 판매하려고 하는 것이 아니라 고객이 먼저 스스로 상품을 편하게 볼 수 있도록 유도했다. 멀리 떨어져서 고객이 상품을 충분히 보도록 시간을 준 다음 고객이 구매 의도를 생각할 시점에 가까이 가서 "무엇을 찾으세요?"라고 묻는다.

고객이 구매의사를 밝히면 상품의 장점과 그 상품이 고객에게 미치는 긍정적인 효과를 언급하며 자연스럽게 구매를 결정하도록 이끈다. 구매의사가 불분명한 경우에는 고객이 어떤 상황에 대해 질문을 하고 필요한 솔루션이나 정보를 간결하면서도 친절하게 제공한다.

"남들은 잘 모르지만 저의 머릿속은 항상 매출과 고객에 대한 생각으로 가득 차 있습니다. 저는 남들보다 더 많은 시간을 고객과 판매 준비에 투자합니다. 그리고 고객을 위해서라면 어떤 번거로움이나 어려움도 마다하지 않고 도와드립니다. 저는 고객을 내가 평생 함께할 가족이라고 생각합니다. 단골 고객과는 수시로 안부 인사를 드리며 고객에게 필요한 것이 있으면 질문하기 전에 말씀을 드립니다. 그리고 남들과는 다른 특별한 선물을 드리기 위해 고민하고 준비합니다. 일본인 고객과 중국인 고객들과의 원활한 의사소통을 위해 어학 공부도 열심히 하고 그들의 문화와 관습, 음식도 배우기 위해 노력합니다. 저는 어떤 상황에서도 1등을 해내겠다는 마음을 먹습니다. 어쩔 수 없는 상황이나 환경을 바라보기보다는 내가 무엇을 해야 고객들에게 좀 더 도움이 될 수 있을까에 대해 생각합니다."

그와 차를 한잔 하면서 들었던 이야기는 내게도 깊은 감동과 교훈을 주었다. '그래! 저런 생각을 하고 저렇게 행동을 하면 제아무리 불리한 매장에 있더라도 1등을 할 수밖에 없겠구나.'하는 생각이 들었다. 환경 자체가 문제가 아니라 환경을 바라보는 그 사람의 관점, 태도가 문제인 것이다. 13척의 배로 300척의 배를 가진 적을 이길 수 있다고 누가 생각하겠는가? 하지만 13척의 배로 300척의 배를 이기지 않았는가! 이런 이야기를 위인전에 나오는 이순신 장군의 신화 같은 이야기로만 생각해서는 안 되리라. 오늘 내가 살아가는 인생에서 매일 펼쳐지는 일상의 전투에서도 같은 상황이 반복되어 나타나기 때문이다.

환경은 내가 바꿀 수 없다. 내가 바꿀 수 있는 것은 오직 나 자신뿐이다. 누가 봐도 질 수밖에 없는 불리한 환경이라고 하더라도 나를 바꾸면 승리할 수 있다.

국내 면세점 현황 및 이용 방법

① 면세점을 이용하려면 출국하는 비행기 티켓팅 예약이 있어야 한다.

② 고객이 매장을 방문하여 상품 구매시 여권을 제시한다.

③ 면세점의 판매가격은 달러(USD)이며 상품 구매시 당일 원화 환율로 지불한다.

④ 각 면세점에는 인터넷 면세점이 있어서 시간이 촉박한 경우에는 인터넷 면세점을 이용하면 편리하다.

⑤ 출국자가 구매한 상품은 출국 당일 공항 인도장에서 받는다.

결정적 위기의 순간에도
기지를 발휘하다

선글라스를 끼고 화려한 귀걸이와 목걸이를 걸친 오드리 헵번 Audrey Hepburn이 택시에서 내린다. 그녀는 몇 걸음 걸어 휘황찬란한 보석들이 전시되어 있는 보석상의 유리창 앞에 서더니 손에 든 봉투에서 크루아상 빵을 꺼내 한 입 베어 먹고 커피를 마신다. 그리고 고개를 갸웃거리며 보석상 내부의 보석들을 바라본다.

제34회 아카데미 시상식에서 음악상과 주제가상을 받았으며 로마의 휴일과 함께 오드리 헵번의 대표작으로 손꼽히는 영화 '티파니에서 아침을'에서 명장면으로 꼽히는 오프닝의 한 장면이다. 이때 영화에서 나왔던 보석상이 바로 뉴욕 5번가에 위치한 티파니 보석상이다.

나는 미국보석학회에서 국제보석감정사 자격증을 취득하고 돌아온 1990년, 직후 보석상 티파니Tiffany의 보석을 구매하기 위해 미국

출장을 떠나게 되었다. 그때 당시 나는 미국 연수를 마치고 귀국한지 얼마 되지 않았으므로 학생신분인 M1비자를 보유하고 있었다. 나는 인사담당자에게 출장을 가게 되면 새로운 비자가 필요하지 않느냐고 문의를 했다. 담당자는 미국보석학회에서 연수를 마치고 복귀한 지 얼마 되지 않았고 보석관련 업무로 가는 것이니 M1비자를 사용해도 괜찮을 것이라고 대답했다. 나는 별다른 생각 없이 그대로 출국했다.

출장은 사장과 과장 그리고 내가 함께 떠났다. 뉴욕 JFK공항에 도착해 입국허가신고를 하기 위해 입국심사대 직원에게 비자를 내밀었다. 그 직원은 내 비자를 살펴보더니 얼굴이 굳어졌다. 그리고 이렇게 말했다.

"You must return to Korea(당신은 한국으로 돌아가야 합니다)."

한국으로 돌아가야 된다고? 이 무슨 마른하늘에 날벼락 같은 소리인가! 사장과 과장은 티파니 측에서 픽업을 나와 기다리는 사람들이 있어 이미 입국심사대를 빠져나간 뒤였다. 내가 망연자실하여 어쩔 줄을 몰라 하고 있으니 입국심사대 직원이 대한항공 직원들을 불렀다. 그리고 그를 통해 기업에서 출장을 온 사람이기 때문에 내가 출장용 B1비자를 소지해야 한다고 알려주었다. 그 말을 듣자 더 아찔해졌다.

하지만 그 상태로 돌아갈 수는 없었다. 사장과 과장은 이미 티파니 측 사람들을 만나 기다리고 있었으며 보석 오더 관련 서류는 내가 모두 가지고 있었다. 이대로 돌아가게 되면 이번 출장은 나로 인해 완전히 망치고 마는 것이다. 나는 이 위기를 빠져나갈 방법이 무엇일까 절박하게 생각하고 생각했다. 아~ 간절하면 통한다고 했던가. 갑자기 한 아이디어가 떠올랐다. 나는 입국심사대 직원에게 "나는 미국의 보석상에 많은 보석을 구매하러 온 사람이다. 미국 달러 현금 USD Cash으로 큰 금액을 지불하러 왔다."라고 심각한 표정으로 말을 했다. 그러자 그가 눈을 휘둥그레 뜨면서 말했다.

"What? USD Cash?(뭐라고요? 미국 달러?)"

나는 즉시 가방에서 티파니 보석 오더 관련 서류를 그에게 건네며 확인해보라고 했다. 그는 서류를 자세히 살피더니 전화를 걸었다. 티파니 본사에 직접 확인 전화를 한 것이다. 전화 통화를 하는 그의 표정이 다소 누그러지는 것을 느낄 수 있었다. 통화를 마친 그가 "당신은 정말 럭키한 사람이다. 행운을 빈다."라고 하며 입국을 허가해 주었다.

나는 가슴을 쓸어내리며 "휴…"하고 안도의 한숨을 내쉬었다. 그리고 바로 사장과 관계자들이 기다리고 있는 곳으로 쏜살같이 달려갔다. 밖으로 나오니 사장과 과장 그리고 티파니 일행들이 무슨 일이 있었느냐며 걱정스런 표정으로 물었다. 내가 입국심사대에서 있었던 자초지종을 이야기하니 그들 모두 환하게 웃으며 지혜롭게 잘 대처했다고 박수해주었다.

티파니에서 준비한 검은색 리무진을 타고 호텔로 복귀해 여독을 풀고 다음 날 설레이는 마음으로 티파니 본사에 방문했다. 건물 외벽이 회색 대리석으로 되어 있고 웅장함을 뿜어내는 느낌이었다. 건물에 들어서자마자 나의 눈을 잡아 끈 것은 정문 진열장에 전시된 눈부신 보석들이었다. 미국보석학회에서 보석공부를 하면서 책에서 사진으로만 봤던 보석들이었다. 전통적인 티파니를 상징하는 블루 색상 박스가 그곳에 놓여 있었다. 하얀 리본으로 장식되어 있는 다양한 보석들이었다.

마치 보석 분야에서 티파니의 권위를 상징하듯 모든 사람의 눈길을 사로잡도록 화려하게 진열이 되어있었다. 사무실로 들어가 티파니 일행들과 명함을 교환하였다. 그들이 나의 명함을 보더니 "Mr. Lee는 언제 국제보석감정사 공부를 했느냐?"며 반가운 얼굴로 물었다. 내가 국제보석감정사인 것을 알게 된 그들은 훨씬 더 친절한 모습으로 나를 대해주었다. 매장 내부의 쇼케이스에 진열된 하이엔드 주얼리 다이아몬드, 골드, 실버 등의 다양한 상품과 초고가품의 하이엔드 주얼리 티파니 고유의 디자인 제품에 대해서도 상세히 설명을 해주었다.

내가 가장 감동을 받은 것은 티파니 고유의 디자인을 뜻하는 '티파니 솔리테어Tiffani solitaire' 다이아몬드 반지는 30년 이상 근무한 장인들이 직접 세팅을 하고 있는 것이었다. 워낙 고가의 다이아몬드였으므로 도난과 분실 방지를 위해 외부에서 세팅을 하지 않고 본사 내부에서 직접 작업을 한다고 했다. 내가 보석 오더를 해야 하므로 그들은 보석 담당 MD들을 내게 소개해 주었다. 역시 100년 전통을 가진 최고의 보석상답게 각 아이템별로 모두 MD가 따로 있었으며 그들은 대부분 국제보석감정사 자격증을 보유한 사람들이었다.

보석 상품 오더가 끝나자 그들은 저녁식사에 우리를 초대해주었다. 그리고 식사 후에는 세계 최고의 뮤지컬로 꼽히는 '캣츠'를 관람시켜 주었다. 브로드웨이 현장에서 보는 뮤지컬 캣츠는 그야말로 감동 그 자체였다.

만일 공항 입국심사대에서 비자문제로 다시 한국으로 돌아가야 했다면 그런 감동은 맛볼 수 없었을 것이다. 인생에서는 전혀 예상치 못했던 위기의 순간이 갑자기 들이닥칠 때가 있다. 바로 그때 그 상황에 그대로 굴복해버리면 안 된다. 모든 일은 다 사람이 하는 일이다. 그 위기와 관련된 사람의 마음을 움직일 수 있다면 일반적인 절차를 떠나서 문제를 해결할 수 있는 경우가 많다. 하늘이 무너져도 솟아날 구멍은 있는 것이다.

까다로운 골리앗을
상대하는 법

살다 보면 인생의 어느 지점에서 대단히 까다로운 상대를 만날 때가 있다. 그 상대가 나의 일이나 삶에 결정적인 영향을 미칠 수 있는 상대일 경우에는 까다롭다는 이유로 피해갈 수도 없다. 더구나 그가 나보다 여러 면에서 훨씬 크고 높은 위치에 있을 때는 더더욱 힘든 상황이 된다. 그러나 작다고 해서 항상 지는 것은 아니다.

한 회사가 조선사업을 하겠다고 사업계획서를 작성했다. 조선사업을 하기 위해서는 당연히 배를 건조할 수 있는 조선소가 있어야 한다. 조선소를 건설하기 위해서는 수백억 원의 자금이 필요하다. 회사에서는 자금 조달을 위해 당시 영국 최고의 은행이었던 바클레이은행과 4,300만 달러의 차관도입을 추진했다. 하지만 바클레이은행은 그 회사의 기술수준과 조선 능력이 미흡하다는 이유로 차관을 거절했다.

회사의 대표는 모든 정보력을 동원해 바클레이 측에 영향력을 행사할 수 있는 선박 컨설턴트 회사 애플도어의 롱 바텀Long Bottom 회장을 찾아갔다. 그러나 롱 바텀 회장도 어렵다는 얘기를 했다. 이때 회사의 대표가 갑자기 지갑에서 옛날 500원짜리 지폐를 꺼내 보였다. 지폐에는 거북선 그림이 그려져 있었다.

"우리는 1500년대에 이미 철갑선을 만들었소. 영국보다 300년이나 앞선 조선기술을 가지고 있었다는 것이오. 산업화가 늦어져 잠시 뒤쳐졌을 뿐, 한 번 시작하면 잠재력이 폭발할 것이오."

롱 바텀 회장은 결국 그에게 추천서를 써주었다. 바클레이 은행에서는 추천서를 보고 차관을 제공하기로 했으나, 이번에는 영국 수출신용보증국에서 선박을 구매할 사람이 있다는 증명을 갖고 와야 최종 승인이 가능하다고 했다.

대표는 선박을 구매할 선주를 찾아 나섰다. 그러나 조선소도 없이 어떻게 선주로부터 선박을 구매하겠다는 주문을 받을 수 있겠는가. 그가 보여줄 수 있는 건 울산 미포만 사진과 5만 분의 1 지도, 26만 톤 유조선 도면 한 장이 전부였을 뿐이다. 하지만 그는 포기하지 않았다. 결국 그리스 '선 엔터프라이즈'의 리바노스 회장이 값싼 배를 구하고 있다는 소식을 듣고 찾아가 대형 유조선 2척을 수주했다. 영국 수출신용보증국은 수주 계약서를 확인하고 차관을 승인해 주었다.

회사는 차관을 바탕으로 조선소를 건립한지 11년 만에 건조량 기준으로 조선 부문 세계 1위의 기업이 되었다. 바로 현대중공업의 정주영 회장 이야기이다. 나는 한국 기업사에서 유명한 일화인 이 이야기를 늘 가슴에 품고 있었다. '그래, 인생은 꼭 큰 사람이 이기는 건 아니야. 골리앗은 소년 다윗에게 졌잖아.'

엘리자베스 테일러, 오드리 헵번, 그레이스 켈리. 1950년대에서 1960년대 전 세계인들의 마음을 흔들었던 역사적인 배우들이다. 그들이 로마에 가면 반드시 들리는 곳이 있었다. 바로 콘도티 10번가에 위치한 보석 부티크 불가리Bulgari 매장이었다. 불가리는 그리스에서 은세공사로 일하던 소티리오스 불가리스가 1884년 로마의 시스티나 거리에 첫 매장을 열면서 시작되었다. 이후 1905년 콘도티 10번가에 부티크를 오픈한 이후 세계 최고의 영화배우와 사교계의 거물들이 즐겨 찾는 곳으로 소문이 나면서 세계적인 브랜드로 자리매김하게 된다.

나는 롯데면세점에서 수입품과에 근무할 때 미국보석학회의 국제보석감정사 자격을 취득하여 귀국한 후 상품기획부 보석담당 MD로 발령을 받았다. 당시 회사에서는 세계 3대 보석 브랜드 중 하나인 이태리의 자존심 불가리의 국내 면세점 유치를 추진하기 시작했다. 그러나 당시 불가리에서는 롯데면세점의 존재조차 인식하지 못하고 있었다. 명품 브랜드들은 돈을 많이 준다고 해서 판매권을 주지는 않는다. 그들의 브랜드 명성에 걸맞은 관리가 가능한지, 그만한 수준

의 교육을 받고 브랜드 품위를 유지할 수 있는 전문가가 있는지 까다
롭게 따졌다. 최고 경영진에서는 이러한 사실을 잘 알았기에 나에게
미국까지 가서 국제보석감정사 자격증을 취득하라는 임무를 준 것이
었다.

나는 명품 보석 브랜드 불가리 유치 실무자로서 그들의 신뢰를 얻
기 위해 심혈을 기울였다. 먼저 이메일을 통해 롯데면세점을 통한 불
가리의 판매 노출이 향후 그들의 세계적인 브랜드 인지도와 매출 증
대에 어떻게 긍정적인 영향을 줄 것인지 상세한 자료를 만들어 보
냈다. 롯데그룹과 롯데면세점의 규모와 판매력, 시장에 미치는 영향
력에 대한 자료도 다양한 형태로 만들어 보냈다.

드디어 불가리 본사로 보석 유치 관련 팀이 첫 방문을 했다. 롯데
면세점에서 보석을 유치하기 위해 왔다고 하고 담당자 미팅을 요청
했지만 매장에 제대로 발도 들여놓지 못하고 거절을 당하는 수모를
겪었다. 속에서 욱하고 치밀어 올라오는 것이 있었지만 감정적으로
대응한다고 해결될 문제는 아니었다. 한국으로 돌아와 다시 준비를
했다. 회사에 대한 비디오 영상을 만들고 경쟁사 브랜드인 티파니와
다른 브랜드에 대한 자료도 준비했다. 두 번째 방문을 했다. 내 가방
은 잔뜩 준비한 자료들로 제대로 닫히지도 않을 정도였다. 그러나 불
가리의 벽은 높았다. 그들의 자부심은 자신들의 인식 밖에 있던 동양
에서 갑자기 찾아온 이방인들에게 마음을 호락호락 열지 않았다. 하

지만 우리도 그렇게 쉽사리 물러날 사람들은 아니었다. 다시 준비를 해서 세 번째 방문을 했다. 진인사대천명盡人事待天命이라 했던가. 사람이 할 수 있는 일을 최선을 다해서 하고 하늘의 뜻을 기다리는 자세로 정성을 다한 결과 프란세스코 트라파니 불가리 회장과 지안루카 브로제티 이사의 롯데면세점 방문 약속을 받아낼 수 있었다.

이후 서울로 날아와 롯데면세점과 롯데백화점 현장을 방문하고 국내 로컬 보석시장을 둘러본 그들은 롯데면세점에 입점하겠다는 결정을 내렸다. 미국에서 국제보석감정사 자격증을 위해 보석 공부를 하면서 강의에서만 들었던 불가리 보석을 주문하고 첫 주문 상품이 김포공항에 도착하던 날, 긴장되고 떨리는 마음으로 그 아름다운 보석을 직접 내 눈으로 처음 보던 때의 설렘이 아직도 생생하게 기억난다.

인생을 살면서 까다로운 골리앗을 만났을 때 가장 중요한 것은 단기간에 손쉽게 성과를 내려는 마음을 내려놓아야 한다는 점이다. 무시당하고 자존심에 상처 입는 일을 겪을 때 그것을 마음에 담아두어서는 안 된다. 그들은 지금 당장 자신이 거인이기에 상대인 나를 형편없이 본다. 그렇기 때문에 나를 무시하는 것이다. 그러나 내가 나의 존재가치를 증명하고 내가 자신들에게 아주 유익한 파트너라는 사실이 입증된다면 어떨까. 그렇게 되면 골리앗 그들은 내가 더 이상 자신들의 적이 아니라 나의 든든한 친구라는 점을 깨달을 것이다. 바로 그 지점에 이르기 위해서는 마음을 다스리는 인내와 포기하지 않는 지속적인 돌파가 필요하다.

불가리 보석

① Cartier, Tiffany와 함께 세계 3대 최고의 보석상이다.

② 시작은 '은(silver)'이었다.

③ 창립자는 소티리오 불가리(Sotirio Bulgari)이다.

④ 1879년 이탈리아 로마로 이주했고, 한 그리스 상인의 매장 진열대 한편에 자신의 상품을 놓고 팔았다.

⑤ 1970년대 뉴욕에 최초의 해외 매장을 연 데 이어 파리, 제네바로 진출하면서 글로벌 기업으로 성장한다.

아르바이트생이
명품 브랜드 직원이 된 이유

"아빠 오늘 회사에서 실수를 해서 상사에게 엄청 야단맞고 화장실에서 혼자 펑펑 울었어요."

모 명품 브랜드에서 아르바이트를 하고 있던 큰 아이가 집에 와서 내게 하소연을 했다. 이제 갓 대학교를 졸업한 큰딸이었다. 내가 20대 때는 어떤 일이든 스스로 할 수 있는 성인이라고 생각을 했는데 막상 딸아이가 20대 중반의 나이로 회사에 다니며 아르바이트를 한다고 하니 어린아이를 물가에 내놓은 기분이 들었다. 큰 아이가 직장 상사에게 된통 혼이 나고 펑펑 울었다는 말을 듣고 마음이 짠하여 울컥했지만 입에서는 다른 말이 나갔다.

"그래, 회사란 그런 곳이란다. 회사는 학교도 가정도 아닌 진짜 사회의 전쟁터란다. 직장 상사는 부모나 교수하고는 완전히 다른 존재라는 걸 미리 잘 알고 있어야 한단다. 아빠도 직장 다니며 상사한테 지적받고 야단맞을 때가 많았어. 그런데 지나고 나니 그때 혼나면서 배운 것이 아빠의 실력과 마음을 단단하게 해주었단다. 마음 잘 추스르고 힘내렴."

다행히 큰 아이는 잘 견뎌주었다. 그리고 직장생활도 더 주도적으로 하기 시작했다. 출근도 정직원들보다 한 시간 정도 더 빨리했다. 먼저 사무실에 도착해 정리 정돈을 했으며 간단히 청소도 했다. 보통 아르바이트생들은 6시 땡 하면 칼같이 정시 퇴근을 했다. 그것은 회사 직원들도 아르바이트하는 본인들도 당연하게 여기는 것이었다. 큰 아이는 퇴근시간이 되면 직원들에게 "제가 뭐 더 도와드릴 것은 없습니까?"하고 질문을 했다.

큰 아이의 질문을 기특하게 여긴 직원들은 자료 복사나 프린트, 제본 등의 간단한 업무를 맡겨 주었다. 큰 아이는 그런 작은 일들을 최선을 다해서 했다고 한다. 복사할 때도 순서가 바뀐 것은 없는지 살피고, 복사가 비뚤어지지 않고 정확하게 되도록 신경을 썼다. 프린트나 제본을 할 때도 정성을 다해서 깔끔하게 처리를 했다. 손쉬운 엑셀 작업도 오탈자나 실수가 없도록 하려고 애를 썼다. 물론 처음 해보는 업무인 경우에는 실수를 해서 혼날 때도 있었지만 스스로 마음을 다지며 이겨냈다고 한다.

원래 큰 아이는 3개월 아르바이트생으로 들어간 것이었는데 직원들의 요청으로 1년 인턴으로 연장이 되었다. 그리고 업무의 수준도 높아졌다. 큰 아이가 일처리 하는 모습을 본 직원들이 일반적으로 인턴에게는 맡기지 않는 시즌별 오더, 세일즈 트렌드 분석, 재고관리, 경쟁사 조사 같은 중요한 업무까지 맡겼다고 한다.

큰 아이는 처음에 그런 업무를 받았을 때 '이건 내가 할 수 있는 일이 아닌데.'하는 생각을 했다가 '아니야. 모르는 것은 선배님들께 물어보면서 하면 되잖아.'라고 마음을 바꾸고 본인이 할 수 있는 최선을 다해서 했다고 한다. 어느 때는 집에 12시가 다 되어서야 들어오는 때도 있었다. "왜 이렇게 늦었니?" 물으면 "응, 아빠. 오늘 일이 좀 어려운 일이라 확인할 것들이 많았어."라고 했다.

그렇게 인턴 1년을 치열하게 보낸 딸은 명품 브랜드 업무 전반에 대해 상당한 지식과 경험을 얻었고 이제 다른 어느 곳에 가더라도 일을 잘 할 수 있겠다는 자신감을 갖게 되었다고 한다. 진인사대천명盡人事待天命이라고 했던가. 사람이 자신의 최선을 다하고 하늘의 명을 기다리는 순간은 결과에 상관없이 과정 자체에 스스로에게 당당하고 웃을 수 있는 시간이 된다. 큰 아이는 인턴을 마치고 얼마 지나지 않아 직원모집을 하는 명품 브랜드 S대기업에 응시하여 면접에서 우수한 성적을 거두고 당당하게 합격했다.

"쓸모없는 놈들이여, 힘내세요! 학교에서의 성공은 인생에서의 성공과 아무 상관이 없습니다."

세계 광고계의 아버지로 불리는 데이비드 오길비David Ogilvy가 한 말이라고 한다. 사실 큰 아이는 대학을 졸업할 당시 스펙으로는 명품 브랜드 기업 취업이 불가능한 상태였다. 그래서 허드렛일이라도 하면서 경험을 쌓으라고 아르바이트생으로 들어간 것이었다. 그런데 큰 아이는 그 허드렛일을 최선을 다해 해냄으로써 스펙으로는 뛰어넘을 수 없었던 장벽을 넘을 수 있었던 것이다. 지금은 세계 최고의 명품 매장의 MD로 근무하고 있는 딸은 "아빠, 여기 스펙과 영어실력이 장난 아니야."라고 말했다.

물론 스펙을 갖춘 인재를 찾는 일이 기업의 입장에서는 당연한 것이다. 좋은 스펙을 찾는 이유는 그 스펙이 실력과 성과로 연결이 될 것이라는 가정을 하고 있기 때문이다. 따라서 스펙을 갖추지 못한 사람이 할 수 있는 방법은 한 가지뿐이다. 실력과 성과를 보여줄 수 있는 작은 기회를 찾는 것이다. 아르바이트라는 작은 기회는 그런 실력과 성과까지 보여줄 수 있는 자리는 아니다. 하지만 그 사람의 인성과 태도와 자세는 충분히 보여줄 수 있는 기회가 된다.

나도 기업에서 30여 년의 시간을 보내면서 정말 많은 직원들을 보아왔다. 좋은 스펙을 갖춘 사람은 정말 구하기 쉽고 사람도 많다. 그만큼 지금은 많은 청년들이 높은 스펙을 갖추기 위해 노력하기 때문이다. 그러나 제대로 된 인성과 태도를 가진 사람은 좀처럼 발견하기가 쉽지 않다. 그래서 아르바이트생이더라도 좋은 인성과 태도를 가

진 인재를 발견하게 되면 꼭 같이 일하고 싶다는 욕심이 생긴다. 그
래서 딸아이가 더 자랑스럽게 느껴진다.

글로벌 기업의 채용 방식

① 수시 채용이며 헤드헌터나 잡코리아에 미리 이력서를 올려
  놓으면 좋다.

② 스펙보다 영어실력이 우선이다.

③ 헤드헌터를 통해 채용된다.

④ 명품 브랜드에 근무하는 지인을 통해 채용 정보를 얻을 수 있다.

⑤ 면접은 영어로 인터뷰를 한다.

마음을 다해
마음을 얻으면
하늘이 돕는다

톱 배우 공유와 경쟁을(?)

롯데면세점 수입품과에 발령을 받고 담당 부장과 과장을 만났을 때 그들은 나에게 "당신은 회사의 중요한 프로젝트에 참여하게 되었다. 회사에서는 그간 해외출장을 통해 명품 보석 사업을 추진해 왔다. 당신이 이 프로젝트에서 실무를 맡게 되었다."라고 하며 회사의 야심찬 해외 명품 보석 사업 계획을 설명해 주었다. 그리고 그동안 진행되어온 프로젝트의 중요한 자료들을 잘 검토해 보라며 건네주었다.

자료를 검토하다 보니 두꺼운 글씨체의 '회장 보고서'가 있었다. 그 사업은 회장이 특별히 관심을 가지고 추진한다는 의미였다. 그 보고서를 읽고 나니 중압감이 엄습해왔다. 나는 그동안 호텔 프런트 현장에서 고객을 응대하는 일을 해왔을 뿐인데 지금까지 전혀 접해보지 못했던 보석관련 업무를 해야 한다고 하니 '내가 이 일을 해낼 수 있을까?'하는 불안감과 두려운 생각이 들었다.

자료들에서 언급된 보석 관련 용어들도 완전히 생소했으며 명품 브랜드에 대한 이해 자체가 없었던 나는 어떤 방식으로 접근해야 할지 아무런 생각도 할 수가 없었다. 더구나 나는 어떤 일에 대해 직접 '기안'을 해보거나 사업 프로젝트에 참여해본 경험도 없었다. 당장 상사에게 보고서를 쓰면서 일을 진행해야 하는데 눈앞이 캄캄했다.

지금은 회사 업무 방식이 전자기안과 전자서명으로 바뀌어 모든 면에서 편리해지고 신속한 업무처리가 가능하지만 그 당시만 해도 일일이 타이핑을 쳐서 보고서를 작성해 올려야 했다. 마음은 무겁고 힘들었지만 피할 수는 없는 상황이었다. 새로운 회사에 오자마자 부서를 변경해달라거나 내가 익숙한 업무를 하게 해달라고 요청할 수는 없었다.

일단 기존의 회장 보고서 등 관련 자료를 토대로 일정한 양식에 맞추어 보석에 대한 자료를 직접 타이핑하며 기안지와 보고서를 만들었다. 틀린 부분이 있으면 수정액으로 지운 다음 다시 타이핑을 하는 일을 반복해야 했다. 특히 회장에게 사업 진행상황을 보고하는 회장 보고서를 작성하는 날에는 수없이 고치고 또 고쳐야 했다. 상사는 보고서의 토씨 하나까지 세세하게 살피면서 다시 작성해오라고 호통을 치기도 했다.

"난 900년을 넘게 살았어. 나는 예쁜 사람을 찾고 있는 게 아니야.

나에게 무언가를 발견해줄 사람을 찾고 있지." "나는 결심했다. 나는 사라져야겠다. 더 살고 싶어지기 전에, 더 행복해지기 전에, 너를 위해 내가 해야 되는 선택. 이 생을 끝내는 것."

2016년 12월 2일부터 2017년 1월 21일까지 케이블 TV에서 방영되며 마지막 회 순간 시청률 22.1퍼센트를 기록해 그 당시 케이블 TV시청률 최고치를 경신했던 화제의 드라마 '도깨비'에서 도깨비 김신이 했던 대사들이다. 도깨비의 이 대사를 들은 여성 시청자들은 뒤로 넘어갈 정도로 열광했다. 이 드라마는 여성들의 마음을 위로하고 토닥이는 수많은 명대사들을 낳았다. 환상을 통해 현실의 괴로움을 잠시 잊게 해주고 낭만적인 사랑과 이상적인 경험을 통해 대리만족할 수 있도록 하는 스토리로 인기를 끌었던 김은숙 작가가 도깨비 설화를 바탕으로 3년 동안의 기획 끝에 내놓은 작품이라고 한다.

드라마 '도깨비'가 방영될 때는 회사 여직원들이나 주변에 있는 여성들이 온통 '도깨비'의 주인공 역할을 했던 배우 공유 이야기만 하는 듯했다. TV광고나 거리에서도 공유 씨의 모습을 어디에서나 볼 수 있을 정도였다. 배우는 드라마에서 어떤 캐릭터를 만나는가에 따라 그 위상이 완전히 달라진다는 것을 실감할 수 있었던 때였다.

보석 사업은 해외 명품 브랜드를 유치해오는 것이 핵심이었으므로 롯데그룹의 해외 지사들과도 협업을 해야 했다. 당시 롯데상사의 런던 지사에서 필요한 자료를 받아 회장 보고서에 추가를 해야 하는 일이 있었다. 다양한 자료를 받아 검토하고 부족한 부분은 다시 요청을 해야 했으므로 늘 시간이 모자랐다. 그날도 새벽 4시까지 일을 하며 자료를 정리한다고 필요한 부분이 있어 런던지사에 팩스로 자료를 요청하는 문서를 보냈다. 그런데 바로 런던에서 전화가 오는 것이었다. 런던 지사에서 근무하던 과장이었다.

"아니, 지금 한국은 새벽 시간일 텐데 아직도 일을 하고 있는 겁니까. 이 계장 원래 도깨비 아닙니까?"

그때는 회사에 과장 밑에 계장이라는 직급이 있던 시절이었다. 언젠가 내가 한국의 새벽 시간대에 런던 지사에 있는 과장에게 팩스를 보낸 적이 있다. 보낸 후 곧 있자 과장으로부터 전화가 왔다. 모두가 한창 자고 있을 시각에 팩스를 보내오니 그는 힘들게 근무하는 나의 자세가 대단하다고 여겼는지 나를 두고 도깨비가 아니냐고 말했다. 도깨비라는 말을 듣는 순간 이상하게도 마음의 위로가 되었다. 누군가 내가 이 새벽까지 일을 하고 있다는 것을 알아주었기 때문일 것이다. 내가 배우 공유 씨처럼 멋진 얼굴을 하고 멋진 대사를 한 것은 아니었지만 내 마음은 뿌듯했고 얼굴에는 잠시 미소가 흘렀다.

살아가다 보면 지금 내가 가진 능력을 넘어서는 일을 해야 할 때가 있다. 만일 그때마다 그 상황을 피해서 도망쳤다면 지금의 나는 있을 수 없었을 것이다. 때로는 현재의 내 역량으로 감당하기 어려운 일을

만났더라도 한번 부딪쳐보는 것이 좋다. 실제로 부딪치다 보면 실수
도 하고 혼도 나겠지만 그 과정을 통해 새로운 경험, 새로운 상황, 새
로운 지식, 새로운 사람, 새로운 능력을 갖추게 되기 때문이다. 때론
도깨비가 되어보자.

책임은 내가, 공은 부하에게

회사 생활을 하다보면 리더의 몇 가지 유형을 발견하게 된다. 가장 흔한 유형은 일이 잘되면 본인이 잘해서 그런 것이고 결과가 좋지 않으면 구성원들이 제대로 일을 수행하지 못해서 그렇다고 생각하는 리더이다. 이런 유형의 리더들은 보통 야망이 크고 목표를 향해 무서운 속도로 돌진하는 스타일이다. 결과를 빨리 낼 수 있는 장점이 있으나 시간이 흐를수록 리더를 진심으로 믿고 따르는 구성원들은 점차 사라진다. 리더가 잘 나갈 때는 곁에서 참고 있지만, 리더가 힘이 빠지면 주위 사람들은 썰물 빠지듯 쫙 하고 빠져 버린다.

두 번째는 '너는 너고 나는 나다'라는 식의 리더 유형이 있다. 구성원들에게 크게 간섭도 하지 않고 알아서 하길 바라고 자신도 그냥 자신의 일을 열심히 하는 스타일이다. 구성원들 입장에서는 일견 편하게 느낄 수는 있으나 팀으로서의 시너지가 나지 않고 각자 개인별로 따로국밥이 되어 조직에 온기가 없어 왠지 신이 나지 않는 분위기가 된다.

세 번째는 리더가 책임은 본인이 지려고 하고 결과가 좋으면 공을 구성원에게 돌리는 유형이다. 물론 이런 유형을 보기란 흔치 않다. 각박한 세상에서 자기 몸 하나 추스르기도 힘든데 모든 결과를 본인이 책임진다는 것에 대해 합리적이지 않다고 생각하기 쉽기 때문이다. 하지만 리더가 진심으로 이런 태도를 일관성 있게 보여준다면 구성원들은 리더가 잘 될 수 있도록 자발적으로 협력하여 움직일 것이다. 그럴 경우 조직이 살아나고 생동감 넘치게 된다.

물론 이런 리더의 유형은 어디까지나 내 개인이 경험적으로 정리해본 내용일 뿐이다. 나는 오랜 세월 동안 기업에서 일하면서 세 번째 유형이 되고자 부단히 노력해 왔다. 물론 나의 부하 직원이었던 사람들이나 옆에서 지켜본 사람들 중에는 그렇게 생각하지 않는 사람도 있을 수 있으나 나는 '책임은 내가, 공은 부하에게'라는 생각을 늘 품고 있었다. 그렇게 되기 위해 나 자신과 부단히 싸워왔다고 말할 수 있다.

롯데면세점에 상품기획부문 MD팀장으로 일할 때였다. 보통 면세점 MD는 면세점에 납품을 하는 거래처에 갑의 입장에 있다고 할 수 있다. 물론 면세점에서 유치 경쟁을 해야 하는 슈퍼 브랜드에는 을의 입장에 있기도 하다. 나는 MD팀장을 하면서 MD들에게 거래처도 고객으로 대하고 절대로 갑의 태도로 대하지 말아달라고 신신당부를 했다. 우리에게 고객은 두 종류가 있다. 한 고객은 우리 면세점에 와

서 상품을 구매해주는 고객이며 또 한 고객은 우리 면세점에 좋은 상
품을 공급해주는 거래처이다. 나는 늘 MD들에게 이런 생각을 가지
도록 반복해서 교육을 하곤 했다.

언젠가 '악마는 프라다를 입는다.'라는 영화가 대히트를 친 때가
있었다. 악마 같은 보스 역할에 매릴 스트립Meryl Streep이, 신입사원
앤드리아 역에 앤 해서웨이Anne Hathaway가 명연기를 펼쳐 여러 영화
제에서 상을 받은 영화였다. 영화의 히트로 프라다의 세컨드 브랜드
인 '미우미우MiuMiu'가 고객들에게 큰 인기를 끌게 되면서 우리 면세
점과 경쟁 면세점에서 미우미우의 유치 전쟁이 벌어졌다.

당시 나의 상사는 경쟁사보다 더 좋은 조건을 제시하고 무슨 방법
을 써서라도 미우미우 브랜드를 꼭 유치하라는 지시를 했다. 나도
바짝 긴장하여 어떻게 해서든 브랜드를 유치해오리라고 마음을 먹
었다. 나중에 확인을 해보니 우리 면세점과 경쟁사에서 제시한 조
건이 거의 비슷하게 되었다. 그런데 최종 낙점은 우리 면세점이 받
았다. 우리가 유치를 해낸 것이다. 그 이유는 우리 팀원이었던 담당
MD가 거래처와의 관계를 평상시에 아주 잘 유지해왔기 때문이었다.

나는 상사에게 미우미우 브랜드 유치 성공의 최고 기여자가 담당
MD라고 이야기를 했고 그의 활약상을 상세히 보고했다. 상사는 나
의 보고를 받으며 흐뭇해하였고 결국 평상시 MD팀장이 잘 관리했으

니 팀원들도 그렇게 잘할 수 있었던 게 아니냐며 인정을 해주었다.

리더가 상사에게 어떤 일을 보고할 때는 리더의 부하 직원은 동석하지 않은 경우가 많다. 그러니 상사에게 보고하면서 슬쩍 자신의 공로를 많이 끼워놓고 부하의 공은 부분적인 것으로 얼마든지 만들 수 있는 것이다. 하지만 나는 그런 유혹을 이기는 것이 리더의 진짜 모습이라고 생각했다.

영업점에서 점장으로 근무할 때 꽤 큰 금액의 현금이 분실된 경우가 있었다. 나는 사장에게 보고를 하면서 전적으로 관리를 소홀히 한 나에게 책임이 있다고 말씀을 드렸고 내가 스스로 해결하기 위해 내 나름의 대응을 했다. 나는 그 일로 인해 중징계를 받았다. 보통 중징계를 받으면 진급에서 누락되는 것이 당연하다. 그런데 나는 그 다음 인사에서 부장으로 승진을 했다. 사장은 업무에 대한 리더로서의 책임감과 문제 해결을 위한 적극적인 대응을 높이 평가했다고 한다.

짧은 시간 동안 다수를 속일 수는 있다. 한 사람을 오랜 시간 속일 수도 있다. 그러나 다수를 오랜 시간 동안 속이는 것은 쉽지 않다. 내가 진실하게 살고 리더로서 책임지는 모습과 구성원들을 진심으로 배려하는 모습으로 꾸준히 살아간다면 내가 입으로 떠들고 다니지 않아도 사람들 사이에서의 나에 대한 평판은 저절로 형성되게 되어 있다. 책임은 내가 지고 공은 부하에게 돌리자.

고객 이전에 직원,
숫자 이전에 마음

영업 매장의 매출 실적의 책임은 누구에게 있을까? 보통은 상품을 판매하는 판매원에게 책임이 있다고 생각하기 쉽다. 물론 그 생각이 전적으로 잘못된 것은 아니다. 하지만 나는 영업 점장을 하면서 매출 실적의 책임은 오롯이 매장의 최고 리더인 나에게 있다고 생각했다.

상품을 현장에서 고객에게 판매하는 일은 판매원의 업무이다. 그러나 판매원이 얼마나 기쁘고 즐거운 마음으로 고객을 대할 수 있도록 환경을 조성해 줄지, 판매원이 얼마나 숙달된 자세와 태도로 그들의 능력을 발휘하도록 미리 교육훈련을 시킬 것인지는 바로 리더의 책임인 것이다. 나는 판매원의 실수를 나의 실수로 여겼다. 판매원이 잘못하면 내가 잘못한 것으로 여겼다.

어느 날 롯데백화점 사장에게서 전화가 왔다. 한 고객이 면세점에서 상품을 구매했는데 상품에 하자가 있다며 한 소비자연맹 회장에게 전화를 걸어 이야기를 했고 그 회장이 백화점 사장에게 직접 전화를 해서 문제를 제기했다는 것이다. 회장은 고객의 이야기만 듣고 상당히 격앙되어 전화를 했다고 한다.

이런 일이 발생하면 대부분의 리더들이 상품을 제대로 관리하지 못하고 사장에게까지 전화가 가도록 만든 직원을 찾아내 화를 내면서 질책하는 경우가 많다. 나는 일단 해당 상품을 판매했던 직원을 만나 자초지종을 들어보았다. 들어보니 한 고객이 G명품 브랜드 가방을 샀는데 지퍼 부분이 찢어져 있었다는 것이다. 그 고객은 어떻게 대기업 면세점에서 가짜 명품을 팔 수 있느냐며 격하게 화를 내고 갔다고 했다.

사실 우리 면세점에서는 명품 브랜드 본사에 직접 찾아가 계약을 체결하고 세관의수입 허가를 받아 상품을 들여오며 엄격하게 검수를 하기 때문에 가짜 상품을 판다는 것은 있을 수가 없는 일이다. 만일 가짜 상품이 하나라도 있다면 면세점 사업 자체를 할 수 없게 될 수도 있기 때문이다.

일단 나는 소비자연맹의 회장에게 사과의 말씀을 드리고 상황을 설명하기 위해 여러 차례 전화를 시도했으나 회장은 아예 전화를 받으려고 하지 않았다. 그래서 며칠 후 내가 직접 방문을 했다. 회장은 자신에게 직접 찾아온 점장을 데면데면하게 대했다. 나는 진심을 다해 상황을 설명하고 가짜 상품이 아니며 고객에게 최대한 도움이 될 수 있도록 하겠다는 약속을 드렸다. 그리고 다시는 그런 일이 재발하지 않도록 하겠다고 했다. 회장은 소비자가 자신한테 직접 전화를 할 정도면 얼마나 화가 난 것이겠냐며 잘 처리를 해달라고 당부를 했다.

난 해당 고객에게도 찾아가 직접 사과를 드렸다. 일단 고객의 주장이 사실인지 아닌지를 떠나서 먼저 고객의 마음이 불편해지고 화가 나게 한 것 자체를 알아주고 죄송한 마음을 진심으로 전하는 것이 중요하기 때문이다. 고객은 여행 가는 길에 큰마음 먹고 가방을 샀는데 지퍼가 찢어져 있어서 여행하는 내내 기분이 나쁘고 불편했다는 것이다. 나는 고객에게 진심으로 사과를 드리고 고객의 마음이 풀릴 수 있는 조치를 최대한 해드렸다.

상황이 마무리 되고 클레임을 초래했던 직원을 불렀다. 직원은 일이 커져서인지 상당히 불안한 표정을 하고 있었다. 나는 먼저 마음 고생 많았다고 위로를 했다. 판매를 하다보면 정말 다양한 사람들을 만나게 된다. 특히 다혈질인 고객들은 한 번 화를 내기 시작하면 어떤 이성적인 대화도 불가능한 상태가 되는 경우가 비일비재하다. 직원을 위로하고 내가 대응했던 일들을 상세히 설명해 주었다. 그리고 이런 일이 다시 발생하지 않기 위해서 미리 챙겨야 할 일이 무엇인지 함께 논의했다. 대화를 하는 동안 직원의 얼굴이 점차 밝아졌다. 그리고 고마워했다. 판매원인 자신이 클레임 처리를 제대로 못해 점장까지 혼나게 해서 정말 죄송했는데 이렇게 따뜻하게 대해주어서 고맙다는 것이다.

판매원은 부담이 컸던 클레임 건이 마무리 되자 이전보다 더 열정적으로 일을 했다. 고객에게도 더 정성을 다했다. 상품을 검수하는 일도 더 꼼꼼하게 챙겼다. 당연히 판매 실적도 상승했고 고객 만족도도 높아졌다.

문제가 발생했을 때 구성원에게 화를 내고 질책만 하는 것은 바람직한 리더의 모습이 아니다. 그런 일은 리더가 아니라도 누구나 하는 행동이기 때문이다. 구성원보다 더 높은 직급을 주고 더 많은 연봉을 주면서 리더의 자리를 준 것은 구성원들이 더 열정적으로 일할 수 있는 환경과 분위기를 조성해 주라는 것이다. 그것이 리더십이다. 문제가 생기면 가장 먼저 리더 자신이 어떻게 대응해야 직원에게 학습 기회가 되고 고객의 마음도 다독일 수 있는지를 생각해야 한다. 문제 때문에 자신이 책임지고 혼날 모습부터 생각하는 리더는 그러한 일을 할 수가 없다.

고객 이전에 직원을 생각할 수 있어야 하고 숫자 이전에 사람의 마음을 헤아릴 수 있어야 지속가능한 성장을 이끄는 최고의 리더가 될 수 있다. 직원이 행복해야 고객에게 그 행복이 전해진다. 그렇다고 직원의 눈치를 보며 전전긍긍하라는 것이 아니다. 잘못한 사실에 대해서는 정확히 그 정황을 밝히고 무엇이 잘못되었는지 확인하며 다시 그 일이 발생하게 하지 않기 위해서는 어떤 조치가 필요한지 명확하게 정리를 해야 한다. 마음은 챙기고 상황은 철저하게 관리를 해야 하는 것이다.

언제나 현장이 옳다!

조직의 규모가 커지고 IT기술이 발달하면서 기업의 의사결정 과정
도 점차 비대면화 되어가고 있다. 서로 얼굴을 보고 대화를 하는 것
이 아니라 이메일이나 사내 인트라넷을 통해 서류로 하는 경우가 일
상화되고 있는 것이다. 물론 부하 직원이 상사를 찾아가야 하는 부담
도 줄고 불필요한 시간 낭비도 줄일 수 있어 장점이 많은 것이 사실
이다. 하지만 한 가지 꼭 조심해야 할 점이 있다. 비대면 결제가 습관
화되어 현장 상황을 디테일하게 알지 못한 채로 서류 내용만 보고 판
단하여 의사결정을 하게 되면 어느 순간 결정적인 문제가 발생할 위
험성이 있다.

서류는 현장이 아니다. 서류는 늘 오류의 가능성을 품고 있다. 의
사결정자는 이 사실을 알고 항상 현장의 소리를 듣고, 현장을 확인해
야 한다. 현장의 상황이 세밀하게 자신의 머릿속에 들어있어야 한다.
잘못된 지도로 방향을 정하고 가다 보면 한참 지나서야 지도와 실제
지형이 다르다는 것을 알게 된다. 그동안의 시간과 자원의 낭비는 치

명적인 수준이 될 수도 있다.

내가 면세점에서 감사업무 담당을 하고 있을 때였다. 매장의 한 브랜드 판매원으로부터 긴급하게 전화가 왔다. 전산재고와 실물재고의 숫자가 맞지 않는다는 것이다. 면세점은 면세사업자가 LC결제 등을 통해 상품을 직접 매입하는 구조이다. 면세사업자의 전산시스템은 관세청 재고시스템에 연동되어 상품의 입출고가 전산상 실시간으로 일치되어야 한다. 이 때문에 영업 현장에서는 상품 이동시 늘 신경을 써서 상품 수량관리를 철저히 한다.

당시 전화를 했던 브랜드는 면세점 소속이 아닌 해당 브랜드 소속 직원으로 자체적으로 보관창고를 운영하며 상품을 관리하고 있었다. 모든 상품의 재고관리는 면세점 내 보관창고 관리직원이 매장 브랜드 판매원과 함께 도착 상품 인보이스 수량과 포장박스의 수량을 대조해 가면서 검수를 한다. 나는 감사담당 직원과 함께 보관창고가 있는 현장으로 갔다. 그리고 보관창고 직원의 반출대장과 브랜드 판매원의 반입대장을 일일이 맞추어 보면서 실물재고 수량을 확인하였다. 결국 인보이스의 수량과 반입상품의 수량은 일치하는데 전산상의 오류였음을 발견하게 되었다. 이후 전산 관리 시스템을 수정하고 개선하여 동일한 문제가 반복되지 않도록 조치하였다.

물론 이러한 현장 확인 업무를 직접 하지 않고 부하 직원에게 지시할 수도 있다. 하지만 리더가 직접 현장을 확인한다면 담장 직원들에게도 책임감이 조금 더 전달될 것이다. 또한 문제해결시간이 현격하게 단축되며 리더에 대한 신뢰도가 높아져 단순히 문제의 오류를 정정한 것 이상의 경영 효과를 낼 수 있을 것이다.

롯데면세점이 싱가포르 창이공항 1터미널에 패션잡화 매장을 오픈할 때 내가 본사의 신규사업부문 담당 임원으로 있었다. 당시 싱가포르 점장은 오픈을 위한 매장 공사, 사무실 운영, 직원 채용, 전산 관리, 매장 상품 구성, 물류창고 구축 등에 대한 준비 사항을 나에게 메일로 보고를 했다. 점장이 실무를 진행하고 있었지만 입찰에 대한 세부내용을 정확하게 가장 잘 알고 있는 사람은 나였다. 처음 구축이 될 때 제대로 세팅이 되지 않으면 많은 문제가 발생하게 된다. 나는 불필요한 업무를 줄이고 점장의 업무 부담을 줄이기 위해 현장으로 가기로 결정했다. 현장에서 오픈 후 실제 업무 수행 과정에서 발생하는 일들에 대한 실수를 줄이기 위해 효율적인 업무의 프로세스 관련 사전 점검과 확인을 했다. 향후 리스크 발생에 대한 부담이 줄어들었기에 점장 역시 이 사실을 반가워했다. 창이공항 측에서도 임원인 내가 현장에서 바로 결정을 해주니 고마워했다.

공항면세점은 판매할 상품을 보관하기 위해 공항 내 보관창고와 외부에 물류창고를 운영한다. 외부의 물류창고에서는 수입한 상품을 1차로 검수하며 보관한다. 공항 내 보관창고에서 매장에 상품을 반출하기 전에 상품을 2차 검수를 한다. 공항 내 보관창고에서 매장까지 상품의 이동 동선은 짧아야 운영에 효율이 좋다. 나는 점장과 창이공항 담당과 함께 공항 내 보관창고에서 매장으로 상품 반출 거리와 시간을 확인했다. 그리고 외부 물류창고 구축을 위해 당시 싱가포르 LG그룹의 물류회사 법인장을 연락해서 물류창고를 방문했다. 상품의 반입반출 횟수와 소요 시간을 감안하여 적정 면적과 임대료를 산정했다. 임원이 현장에서 직접 보고 적절성을 판단하여 결정하니 업무 진행속도도 빨랐고 전체 과정이 물 흐르듯 잘 진행되었다.

기업의 임원이 이런 세밀하고 복잡한 과정이 부담되어 현장 책임자에게만 일을 맡겨두면 문제가 생길 수 있다. 이때 현장 책임자에게 책임을 묻는 모습을 보인다면 더 많은 문제가 발생할 가능성이 크다. 물론 현장을 찾는 것이 현장 책임자의 권한을 무시하는 행태가 되어서는 안 된다. 현장 책임자의 경험과 역량을 고려하여 그에게 학습이 되고 역량을 높이는 기회가 되도록 세심하게 배려해야 한다. 이런 과정을 통해 현장 책임자의 역량이 향상되면 다음 현장에서는 그 책임자가 세밀한 부분까지 판단하여 일을 진행할 수 있게 될 것이다.

업무의 효율이 떨어지는 많은 기업의 현장에 가보면 대부분 그럴 만한 이유가 눈에 보이는 경우가 많다. 현장이 지저분하고 정리정돈이 되어 있지 않으며 직원들의 표정이 어둡고 불평불만이 많다. 문제가 발생하면 서로 책임을 전가하고 실제 현장에서의 정확한 문제점이 무엇인지를 모르고 있다. 기업경영의 답은 언제나 현장에 있다. 현장에 있는 직원들의 얼굴이 밝아야 한다. 현장이 깔끔하게 정돈되어 있어야 한다. 이를 위해서는 리더들이 표정을 밝게 하라고, 정리정돈 제대로 하라고 지시만 해선 안 된다. 리더들이 직원들의 존경을 받아야 한다. 리더들이 현장에 나오면 직원들이 진심으로 반가워해야 한다. 현장의 분위기는 리더에서 시작되는 것이다.

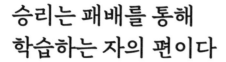

승리는 패배를 통해
학습하는 자의 편이다

사람이 새로운 행동을 하면 실패할 확률이 97퍼센트이고, 미국 벤처기업들이 투자받은 돈을 돌려주지 못하고 망하는 비율은 75퍼센트이며 우리나라 자영업에서 창업 후 5년 안에 폐업한 비율이 71.4퍼센트라고 한다. 이는 이형석 저자의 『창업의 비밀』 중 '실패 이력서에 담긴 성공의 비밀' 부분에서 발견한 내용이다. 실패의 처절한 아픔을 경험하지 않고 사람들이 흔히 말하는 '꽃길'만 걸을 수 있다면 얼마나 좋겠는가. 하지만 성장과정에서 늘 새로운 상황과 맞닥뜨려야 하고 성장의 단계마다 새로운 사람들을 상대해야만 하는 인생에서 '꽃길'만 골라서 간다는 것은 거의 불가능한 일일 것이다.

2012년 초, 나는 롯데면세점의 마케팅 부문장으로 일하고 있었다. 그런데 돌연 회사에 해외 면세점 입찰을 전문으로 하는 신규사업부문이 만들어지면서 내가 책임자로 발령이 되었다. 그동안 해외 입찰은 기획 부문에서 전담을 해오던 터였다. 나는 입찰에 대한 경험도 전혀 없었고 갑작스런 발령에 다소 어리둥절했지만 LA공항 면세점 입찰 일정이 얼마 남지 않아 바로 LA로 떠났다. LA는 내가 미국보석학회에서 보석공부를 하며 국제보석감정사 자격증을 취득했던 곳이기에 마음 한편에서는 아련한 추억들이 떠올랐다.

미국보석학회 졸업사진

현지에 도착해보니 상황은 최악에 가까웠다. 면세점 분야 세계 1위 DFS를 비롯해 듀프리 등 세계의 메이저 8대 면세점 사업자들이 참여하고 있었다. 그야말로 면세점 별들의 전쟁이었던 것이다. 더구나 우리는 시기적으로도 가장 늦게 입찰에 뛰어들어 앞이 보이지 않는 게임이었다. 그러나 상황만 탓하고 있을 수는 없었다. 해외 면세점 입찰 초기에 중대한 일이 현지 상황을 가장 잘 아는 로비스트를 찾는 것과 제안서를 제대로 작성할 수 있는 컨설턴트를 선정하는 일이다.

당시 함께 일하게 된 로비스트가 내게 처음 한 말은 "미스터 리 Mr. Lee, 입찰 제안서를 보니 수백 페이지의 미국식 영어 제안서를 당장 만들어야 한다."는 것이었다. 머뭇거릴 시간도 없이 입찰에 대한 정보부터 파악을 했다. 미국의 입찰 조건은 국내와는 완전히 딴판이었다. 현지에서 면세점을 운영해야 하므로 현지 법인을 설립해야 하는데 단독 법인이 아닌 현지 기업과 조인트벤처 형태로 해야 하며, 이때 사회적 약자의 기업이 20퍼센트의 지분 참여를 해야만 입찰 자격을 주었다. 그 외에도 8가지 항목에 대해 항목 당 25점에서 100점을 배정하여 총 500점이 되어야 하는 상황이었다. 이런 복잡한 방식을 처음 접하는 나에게는 어느 것 하나 녹록한 것이 없었다. '이걸 해낼 수 있을까?' 하는 걱정과 불안이 엄습했지만 누구에게도 티 내지 않고 그 순간의 일에 정신을 집중했다.

무뎌진 영어실력으로 원어민 컨설턴트와 소통하며 사업 계획서를 작성하고 향후 10년간의 손익을 추정하며 현지 법인 설립 업무를 진행하는 등 숨 쉴 틈 없이 하루하루가 지나갔다. 갑작스러운 발령으로 시작한 낯선 업무였지만 함께 했던 팀원들과 최선을 다했던 시간이었다. 결과는 기존에 LA공항 면세점을 운영해오던 DFS가 최종 낙찰을 받아 승리하였다. 패배의 결과를 받아들일 수밖에 없었다. 그동안의 노력이 물거품이 된 사실에 대한 아쉬움이 컸다. 나는 함께 최선을 다했던 팀원들을 위로했다. 이 싸움이 끝이 아닐 테니까.

　나는 첫 번째 면세점 입찰 실패의 현장에서 많은 것을 배울 수 있었다. 면세점 입찰이 어떤 과정으로 이루어지고 무엇을 핵심적으로 다루어야 하는지 그리고 최종 승리를 위해 가장 중요한 것들이 무엇인지 내 나름대로의 교훈을 정리하는 기회가 되었다.

　두 달 후 싱가포르 창이공항 제1터미널의 패션 잡화 매장에도 입찰을 진행한다는 정보가 입수되었다. 이번에도 면세점 세계 1위 DFS를 비롯해 쟁쟁한 업체들이 참여했다. 나는 지난번 LA공항 면세점에서의 실패 원인을 다시 한 번 차분히 들여다보며 창이공항 입찰에 임하는 마음을 다잡았다. 지난번에는 내가 처음 경험해보는 일이라 공항 측에서 제시한 입찰 제안서의 내용도 중요 내용 위주로 보고받고 일을 추진했으나 이번에는 내가 직접 입찰 제안서 전체 내용을 샅샅이 살펴보며 내 나름대로의 전략을 세웠다. 그리고 같은 실수를 반복하지 않도록 세부 내용을 구성하여 입찰 제안서를 제출했다. 물론 이제 겨우 두 번째 시도하는 입찰이고 세계의 내로라하는 기업들이 참여한 입찰전이라 안심할 수는 없었지만 내심 기대하는 마음도 없지는 않았다.

　제안서 제출 후 며칠이 지나 창이공항 담당자로부터 만나자는 연락이 왔다. 담당자는 우리가 제출한 내용에 대해 몇 가지 추가 협상을 요청했고 우리는 협의를 잘 이끌어냈다. 그렇게 창이공항 면세점 입찰 업무를 마치고 중국에 출장을 가고 있을 때 직원으로부터 전화가 왔다.

"이사님, 창이공항 면세점 입찰 성공했습니다."

"와! 만세!"하고 혼자 소리를 질렀다. 하늘을 날아갈 듯한 기분이었다. LA공항 면세점 입찰에서 초긴장 상태로 지냈던 날들과 창이공항 입찰 준비과정들이 순간적으로 파노라마처럼 머리를 스쳐 지나갔다. '그래. 하늘은 온 마음을 다해 노력하는 사람을 결코 외면하지 않는구나.'하는 생각이 들었다.

얼마 후 괌 공항 면세점 입찰이 있었다. 이곳은 DFS가 30년 동안 거의 독점으로 운영해오던 곳이다. 누구나 당연히 DFS가 낙찰을 받을 것으로 예상을 했다. 향후 결과는 우리의 승리였다. 모두의 예상을 깨고 우리가 낙찰을 받은 것이다.

살다 보면 승부에서 지기고 하고 시도했던 일에서 실패를 하기도 한다. 여기서 중요한 것은 실패했을 때 과연 어떻게 대응하고 행동하느냐이다. 바로 이때의 자세가 인생의 성패를 결정한다. 패배한 사실에 압도되고 눌려서 자신을 이긴 상대를 원망하고 낙심하면서 술을 마시고 비탄에 빠져 세월을 보낸다면 그는 다음 승부에서도 이미 패배를 예약하고 가는 것이다.

하지만 실패하고 패배했을 때 정신을 더 바짝 차리고 패배와 실패의 모든 과정 하나하나를 복기하면서 어떤 점에서 미흡했고 실수가 있었는지 명확하게 파악하고 분석한 다음 자신에게 부족했던 점을 보완하기 위해 시간을 보낸다면 다음 승부에서 승리할 가능성을 한껏 높여 놓은 셈이 되는 것이다.

승리는 패배를 통해 학습하는 자의 손을 들어준다.

알아두면 좋을 Tip

창이공항

① 싱가포르에 있는 세계 3대 공항 중 하나이다.

② 화장품과 주류 품목 두 개로 크게 운영한다.

③ 잡화 등의 경우 소규모 매장으로 입찰을 한다.

④ 여객터미널은 4동이다.

⑤ 싱가포르 입국시 술은 한 병 허용되며 담배는 19개피만 된다.

"좋은 아이디어를 내는 사람이 임원입니다"

사람은 자신이 존중받고 있음을 느낄 때 자연스레 동기가 생기길 마련이다. 동기가 생겨야 움직일 수 있다. 사람은 자신의 존재감이 드러날 수 있을 때 스스로 책임감을 가지고 행동한다. 나는 나 스스로의 경험을 통해 이러한 사람의 심리를 잘 알고 있었다. 그랬기에 내가 리더로 있는 곳에서 늘 구성원들이 존중받는 문화를 만들기 위해 각별한 노력을 기울였다.

내가 롯데면세점 영업 점장으로 있을 때였다. 면세점은 외부로 영업을 하는 일반 영업과 달리 그 특성상 고객들이 방문을 하면 방문한 고객이 구매하는 양 만큼 매출이 발생하게 되어있다. 따라서 고객을 응대하는 현장의 판매원들의 역할이 대단히 중요하다. 판매원 자신이 즐거운 마음으로 매장에 들어오는 고객을 센스 있게 파악하여 그들의 마음이 즐겁고 만족하도록 응대를 하여 기분 좋게 구매를 할 수 있게 한다면 당연히 매출은 신장될 것이다. 그러나 판매원이 물건을 팔아내야 한다는 의무감을 가지고 잔뜩 부담스러운 마음으로 고객을 응대한다면 판매가 제대로 될 리가 없다.

면세점에 입점한 브랜드에 소속된 판매원들의 부담감은 더 크다. 본사에서 매월 달성해야 할 판매목표를 부여하고 관리를 하기 때문이다. 판매원들은 이러한 판매활동 외에도 상품 입고와 재고관리, 내외국인 고객의 컴플레인 처리에 이르기까지 혼자서 다양한 업무를 감당해야 하기 때문에 그 스트레스는 상당히 크다. 특히 시내면세점은 2교대로 영업 특성상 365일 영업을 한다.

나는 영업 점장으로서 이들의 어려움을 잘 알고 있었다. 그랬기에 그들의 감정을 알아주고 그들의 목소리를 직접 듣기 위한 방안을 강구했다. 면세점에서 고객이 가장 적고 한가한 시간은 일요일 오전 11시부터 12시까지이다. 나는 이 시간을 활용해 판매원들을 그룹으로 나누어 한 달에 한 번씩 프리토킹Free Talking하는 시간을 마련했다. 그 시간을 통해 판매원들이 느끼는 애로사항과 건의사항을 허심탄회하게 듣고 실질적인 개선을 해주어 그들에게 힘이 되어주고 싶었다.

그러나 막상 모아 놓고 이야기를 하라고 하니 아무도 말을 하지 않았다. 그들은 이런 회의 시간에 말을 잘못하면 혹시 자신이 불이익을 당할 수도 있고 말해봤자 실제로 변화되는 건 없다고 생각하고 있었다. 처음에는 나도 당황했으나 곧 이해를 했다. 대부분의 회사에서 하는 회의나 미팅은 부서장의 지시사항을 일방적으로 듣고 자신이 미흡했던 부분에 대해 혼나는 시간이었기 때문에 내가 아무리 솔직하게 말하라고 해도 사실상 거의 불가능했다. 솔직하게 말할 수 있는 분위기가 아니었던 것이다. 나는 두 번째 모임부터 판매원들에게 이렇게 말했다.

"지금부터 나와 영업과장은 한 마디도 안할 테니 여러분이 무슨 이야기든 하십시오. 그러면 우리는 여러분이 하는 모든 이야기를 적기만 하겠습니다. 그리고 여러분이 말씀하신 모든 내용에 대한 조치 결과를 다음 모임에서 설명해드리도록 하겠습니다."

처음에는 긴가민가하던 판매원들이 하나둘 이야기를 하기 시작했다. 나와 영업과장은 실제로 거의 말을 하거나 설명을 하지 않고 그들의 말을 아주 주의 깊게 경청하면서 하나도 빠짐없이 메모를 했다. 그리고 거기서 나온 내용 중에 조치가 가능한 것은 바로 조치를 해서 변화가 느껴지도록 했으며 조치가 어려운 것은 그 이유를 설명해 주었다. 그러자 판매원들은 점차 나와 그 미팅에 대하여 신뢰하기 시작했고 미팅에서 나온 내용들은 매출을 신장시키는데 많은 도움이 되었다.

사람은 누구나 상대방이 자신의 목소리에 진심으로 귀 기울여주고 피드백을 주면 그만큼 신뢰와 자부심을 가지고 일을 하게 된다. 이 사실을 깨닫게 되는 소중한 시간들이었다. 시간이 흘러 나는 마케팅 부서의 임원이 되었다. 내가 제일 먼저 했던 일은 마케팅에 대한 현실감각을 익힐 수 있는 학습을 하는 것이었다. 마케팅과 관련된 다양한 책을 심도 깊게 읽고 마케팅 전문가들의 강연도 찾아 들었다. 이때 유통과 관련된 분야의 독서만 한 것이 아니라 다양한 분야의 서적을 접하려고 노력했다. 그중 내 마음에 가장 크게 다가온 책이 포스코의 '식스 시그마' 관련 책이었다. 나는 이 책을 읽으며 품질의 변화와 발전은 어느 한 부서의 책임으로 되는 것이 아니라 구성원 전체가 참여하여 소통할 때 이루어지는 것임을 다시금 깨닫게 되었다.

나는 책을 읽고 깨달은 내용이 있으면 바로 내 업무와 현장에 적용할 수 있는 아이디어를 찾았다. 그래서 내가 임원이 되기 전에 소통에 있어서 어떤 어려움이 있는 지 되돌아보았다. 그때 떠오른 것이 내가 임원에게 보고를 하기 위해 임원실의 방문을 노크할 때가 제일 떨리고 부담이 되었던 기억이었다. 그래서 구성원들에게 임원실에 노크할 때의 부담감을 없애주어야겠다고 결심했다. 나는 내 방 문을 항상 열어두기 시작했다. 아예 노크가 필요 없도록 한 것이다. 그리고 '언제든 들어오세요. 열린 임원방!'이라고 선포하고 누구나 언제든 노크 없이 들어오도록 분위기를 만들었다.

회의를 할 때는 직급을 부르지 않고 이름 끝에 '님'자를 붙여서 부르게 했다. 직급에서 오는 중압감을 줄이고 각자 보다 자유롭고 창의적인 아이디어를 낼 수 있도록 한 것이다. 처음에는 어색해 했다. 하지만 내가 회의를 주도하지 않고 "좋은 아이디어를 내는 사람이 임원이다."라고 반복적으로 메시지를 전하며 지속적으로 구성원들이 말을 하도록 하고 나는 진지하게 경청하며 그들의 이야기를 들어주었다. 시간이 흐르면서 점차 구성원들은 나의 진정성을 알아주었으며 편안하게 자신들의 이야기를 하기 시작했다.

이런 노력이 결실을 맺어 내가 마케팅 임원으로 있는 동안 '상상초월! 여름휴가비, 50억 쏜다, 카카오톡 제휴 마케팅, 콜센터 도입' 등 다양한 분야에서 창의적인 마케팅 프로젝트들을 다수 실행할 수 있게 되었고 그 결과 매출 신장에도 큰 영향을 미치게 되었다. 조직은 사람이 모인 곳이다. 사람은 마음이 동할 때 창의적인 생각을 할 수 있게 된다. 따라서 사람의 마음을 움직이는 것이 관건이다. 상대로 하여금 존중받는 느낌을 갖게 하고 실제로 자유롭게 그들의 존재감을 나타낼 수 있는 환경을 조성해 주어야 한다. 그러면 조직은 살아 움직이게 될 것이다.

때로는 상사도 설득하는 팔로워십(Followership)이 필요하다

직장이나 조직에서는 늘 리더십을 중시하고 리더십을 교육하며 좋은 리더를 양성하기 위해 노력한다. 한 사람의 리더가 조직에 미치는 영향이 그만큼 크기 때문이다. 하지만 대부분의 사람은 누군가에게는 리더이지만 누군가에게는 팔로워Follower가 된다. 리더로서의 역할이 중요한 만큼 팔로워로서의 기능도 중요하다. 리더가 아무리 좋은 취지를 가지고 지시를 하더라도 팔로워의 수행이 제대로 따르지 않으면 결과는 좋지 않을 것이기 때문이다.

"조직의 성공에 있어서 리더가 기여하는 것은 많아야 20퍼센트, 나머지 80퍼센트는 조직을 구성하는 팔로워들에 의해 이루어진다."

카네기 멜론 대학의 로버트 켈리Robert E. Kelly 교수가 그의 저서 『팔로워십의 힘The Power of Followership』에서 주장한 말이다. 그는 팔로워의 유형을 네 가지로 분류하고 있다. 첫째, 소극적이고 수동적인 양

Sheep 스타일이다. 양은 양치기가 이리 오라고 하면 이리로 오고 저리 가라고 하면 저리로 간다. 상사에게 순응하는 유형이다. 직장인 중에는 이 양 스타일이 많다고 한다. 둘째, 소극적이면서 능동적인 소외자 스타일이다. 소외자는 상사가 지시를 하면 속으로 불만을 가진다. 하지만 맡겨진 일은 알아서 해내는 유형이다. 셋째, 적극적이지만 수동적인 예스맨 스타일이다. 예스맨은 하고자 하는 의지는 넘치지만 창의성이 떨어지고 역량이 부족해 수동적인 유형이다. 직장 상사들은 소외자와 예스맨 중에서는 예스맨을 선호한다고 한다. 넷째, 적극적이면서 능동적인 스타Star형이다. 하고자 하는 의지도 강하고 창의적으로 접근하여 무슨 일이든 일단 해보려 하고 다양한 아이디어를 낸다.

최근 코로나19 사태로 사회적 거리 두기가 일상화되면서 일명 '집콕' 생활을 하며 모든 것을 스마트폰으로 주문하는 모바일 쇼핑이 대세가 되고 있다. 내가 롯데면세점에서 영업과장으로 재직하던 2000년대 초기에는 온라인 인터넷 면세점이 막 시작되던 때였다. 인터넷 면세점 부문 매출이 미미하였으므로 조직도 계장 한 명과 직원 서너 명으로 구성된 작은 규모였다.

어느 날 인터넷 면세점 담당 계장이 인터넷 분야에 새로운 투자가 필요하다는 보고를 했다. 그의 말을 들어보니 앞으로 온라인 시장의 규모가 점점 커질 것이 분명하였다. 미래를 위해 온라인 인프라에 대한 투자는 필요하다고 판단이 되었다. 그런데 문제는 미래의 가능성은 컸지만 현재 매출이 그다지 눈에 띄지 않는다는 것이었다. 그리고 투자 금액이 생각보다 커서 쉽지 않겠다는 생각이 들었다. 그래도 나는 일단 상사에게 보고를 하기로 마음먹었다. 지금 투자해 놓으면 분명히 그만큼의 성과는 나올 것이라는 생각이 있었기 때문이었다.

상사에게 찾아가 온라인 판매 인프라 구축을 위한 투자 계획을 보고했다. 상사는 나에게 되물었다.

"현재 매출이 얼마나 되는가? 그걸 꼭 지금 해야 하겠는가?"

상사의 질문에 나는 위축되고 말았다. 현재 매출에 비해 투자규모가 크다는 것을 나도 알고 있었기 때문이었다. 그리고 투자를 꼭 지금 해야 하는지에 대한 나 자신의 명확한 근거와 확신도 부족했다. 결국 상사의 승인을 얻는데 실패했다.

담당 계장에게 결과를 설명해 주었다. 그는 며칠 후 보다 디테일한 자료를 가지고 나를 찾아왔다. 그는 온라인 판매 시장은 '퍼스트 무버First Mover'가 되는 것이 중요하다고 했다. 이제 막 성장하기 시작한 온라인 시장에서 고객들의 뇌리에 '온라인에서 주문하려면 당연히 이곳에서 해야지'하는 인식을 심어주어야 한다는 것이다. 그렇게 하기 위해서는 초기에 고객 친화적인 인프라를 갖추고 적극적인 마케팅을 펼쳐야 하며 그 성과는 지금의 매출에 몇 백 배, 몇 천 배가 될

것이라고 했다. 그리고 전 세계 온라인 쇼핑 시장의 흐름을 다양한
자료로 보여주었다.

나도 그의 이야기를 들었다. 자료들을 함께 검토하는 과정을 통해
온라인 쇼핑이 쇼핑 문화의 대세가 될 것이라는 확신을 갖게 되었다.
상사에게 다시 보고하기로 결심했다. 한 번 안 된다고 결정한 일을
상사에게 다시 보고하는 것은 쉬운 일이 아니다. 그리고 그 결과의
책임은 어찌 보면 상사가 아니라 재보고를 하면서까지 주장한 나에
게 더 크게 있다고 볼 수 있기 때문에 여간 부담스러운 일이 아닌 것
이다.

나는 상사에게 왜 지금 투자하지 않으면 안 되는지, 지금의 투자가
장차 어떤 결과를 만들어낼지에 대한 근거자료를 철저하게 준비하여
다시 보고하였다. 상사는 확신에 찬 나의 보고를 듣고 결국 온라인
쇼핑 인프라에 대한 투자를 승인해 주었다.

"롯데면세점이 세계 최초로 온라인 매출 3조 원을 달성했다."

2019년 언론에 보도된 내용이다. 그때 일찍부터 온라인 쇼핑 부문
에 대한 과감한 투자가 선행되었기에 가능한 일이었다. 언론 보도를
보면서 내 마음이 뿌듯하였다. 나에게 온라인 분야에 대한 투자가 필
요하다고 적극적으로 이야기해준 담당 계장도 고마웠다. 그는 그 순

간 로버트 켈리 교수가 얘기한 팔로워의 유형 중 당당히 스타형의 팔로워라고 할 수 있었다. 그리고 나도 그에게는 리더의 자리에 있었지만 나의 상사에게는 팔로워의 위치에 있었다. 내가 팔로워로서 리더를 설득하기 위해 다시 주도면밀하게 준비하여 보고하고 일이 추진되도록 했던 일도 참 잘한 일이라고 생각한다.

직장생활을 하다보면 양처럼 순응하며 눈에 띄지 않고 그냥 묻어가려는 사람들이 많이 있다. 일부는 앞에서는 순응하는 척하면서 속으로는 불만을 갖고 뒤에서 불평하며 살아간다. 시간이 흘러 승진을 해서 직급이 올라가면 예스맨으로 변하는 경우가 종종 있다. 하지만 어떤 이들은 회사 업무를 자신의 역량을 키우기 위한 소중한 기회라고 생각하고 적극적으로 달려들어 때로는 상사를 설득하기 위해 몇 번씩이나 보고를 하는 주도적인 삶을 살아간다.

인생은 직장생활로 끝나지 않는다. 직장 이후에도 인생은 계속된다. 소극적이고 수동적으로 행동하면 직장에서는 어찌어찌해서 월급을 받으며 생계는 유지할 수 있겠으나 세상과 일대일로 '맞짱'을 떠야 하는 인생의 제2막에서는 처절한 대가를 치루게 될 것이다. 인생을 멀리보자. 팔로워도 리더를 설득할 수 있다. 주도적으로 살아보자. 적극적으로 부딪쳐보자. 나는 내가 생각하는 것보다 강하다.

한류 마케팅의 봇물을 터뜨리다

'겨울연가'의 인기가 어느 정도인지 알고 싶으신 분들은 본 작품에 나오는 인물 배역을 맡은 배용준을 보고 '저런 기생오라비 같이 생긴 녀석이 뭐가 좋다고'라며 한마디만 해보시라. 아마 이를 들은 부인께 서는 화가 나서 며칠 동안 귀하의 밥을 차려주지 않으실 것이다.

2004년도에 일본의 어느 신문 칼럼에 등장한 내용이라고 한다. 2003년 4월부터 9월까지 일본 NHK방송국에서 수입해 방영했던 배 용준, 최지우 주연의 한국 드라마 '겨울연가'의 열풍이 일본에서 어느 정도였는지 단적으로 보여주는 표현이라고 할 수 있다. 이 드라마 한 편으로 배우 배용준은 일본에서 '욘사마'라고 불리며 적어도 일본에 서만큼은 한국 문화를 대표하는 아이콘이 되었다.

롯데면세점은 일본에서 한류 바람이 불기 전인 2002년부터 배우 배용준을 모델로 발탁했으며 한류 마케팅의 선도적인 역할을 했다. 나는 롯데면세점의 마케팅 부문 임원으로 있으면서 이러한 한류 마케팅을 극대화하여 롯데면세점의 압도적인 인지도 향상과 매출 증대를 꾀하였다. 2010년도에 올림픽 체조 경기장에서 진행되는 봄, 가을 패밀리 콘서트에 당시 최고의 한류 스타였던 비Rain, 이승철, 김태우, 휘성 등을 섭외하였다. 2011년에는 2PM, 2AM, 티아라, 빅뱅 등을 초대했다. 최고의 한류 스타들을 보기 위해 전 세계에서 1만 5천 명의 고객들이 몰려왔다. 일부 여행사에서는 몇천 석을 미리 예약하고 전세기를 띄워 해외 고객들을 유치하기도 했다. 다음은 당시 한국경제신문에 실렸던 보도 내용이다.

롯데면세점, 엔터투어먼트로 1만 5천 관광객 유치

『한국경제신문』

롯데면세점이 한류를 관광산업에 접목시킨 일명 "엔터투어먼트 마케팅 콘텐츠"의 효과에 의한 효과이다. 그리고 현빈, 송승헌, 최지우, 장근석, JYJ, 빅뱅, 2PM, 김현중, 김사랑 등의 전속모델을 앞세워 해외 팬들을 공략한 다양한 행사를 꾸준히 기획해 온 것이 결실을 맺은 것이다. 3월 '제10회 패밀리 콘서트'에는 빅뱅, 2PM, 2AM 등이 출연했다. 5월까지는 JYJ, 최지우, 빅뱅의 팬미팅이 진행돼 많은 외국인 관광객이 롯데면세점을 찾았다. 이를 경제적 부가가치로 따지면 1인당 평균 약 200만 원의 여행 비용을 쓴다고 가정했을 때 올 상반기 약 3백억 원의 외화를 벌어들인 셈이다. 하반기에도 장근석, JYJ, 비, 2PM의 팬미팅이 예정돼 있어 약 2만 명의 외국인 관광객이 한국을 찾을 것으로 보인다.

마케팅 전략 성공의 가장 중요한 요인은 집중과 차별화다. 투자는 어중간하게 하면서 혹시나 하는 마음으로 대박 결과를 기대하는 것이 보통 사람들의 심리다. 하지만 그런 생각은 누구나 하기 때문에 제대로 된 성과를 거두기는 쉽지 않다. 마케팅 자원을 가장 효과가 극대화될 수 있는 곳에 압도적으로 쏟아 부어 그 자체로 입소문과 탁월한 성과를 불러올 수 있도록 해야 한다.

이러한 한류 마케팅의 성과는 2012년 12월 경에 나왔던 일본 간사이공항 면세점 입찰에서도 긍정적인 영향으로 이어졌다. 당시만 해도 일본 공항에는 외국 면세점이 들어선 곳이 없었다. 더구나 일본 공항에 대한민국 면세점이 입점한다는 것은 사실상 거의 불가능한 일이었다. 나는 신규사업부문장으로서 괌 공항 면세점 입찰을 진행하던 시기에 롯데면세점 간사이 K지점장으로부터 뜻밖의 전화를 받았다. 간사이공항 면세점 입찰이 나왔다는 것이다. 나는 간사이공항으로 출장을 가기 전 일본 사정을 누구보다 잘 알고 있었던 H부회장을 만났다. H부회장은 "이이사, 일본을 절대로 우습게 보지 말라."라고 했다. 나는 마음에 상당한 부담을 안고 간사이공항으로 향해야 했다.

나는 간사이공항 면세점 입찰 담당자를 만나기 직전까지 '우리가 간사이공항에 줄 수 있는 최대의 혜택이 무엇일까?'를 생각했다. 롯데면세점 간사이 지점장과 간사이공항 면세점 담당자를 만났을 때 나는 "간사이공항에 최고의 한류 상품관을 만들겠다."는 제안을 했다. 얼마 후 담당자는 내게 놀라운 답변을 보내왔다. 간사이공항 정중앙에 롯데면세점을 오픈하자는 것이었다. 결국 롯데면세점이 세계 면세점 사업자 최초로 일본의 공항에 면세점을 처음으로 오픈하는 쾌거를 거두었다.

2012년 인천공항공사는 국내 최초로 공항사업 분야 최대의 국제회의인 트리니티 포럼Trinity Forum을 하얏트호텔에서 개최했다. 나는 당시 마케팅 부문장으로 롯데면세점을 대표해 국내외 500여 명의 관계자들이 모인 자리에서 '한류와 K-POP'을 주제로 영어로 프레젠테이션을 하였다. 한류 마케팅을 통해 전 세계 글로벌 고객을 대상으로 펼쳤던 캠페인과 프로젝트를 발표하는 내내 가슴이 뿌듯하고 자랑스러웠다. 대한민국은 더 이상 이름 없는 변방의 작은 약소국이 아니었다. 문화로 전 세계에 긍정적인 영향을 미치는 자랑스러운 국가였다. 그러한 영향을 미치는 과정에 내가 한 역할을 할 수 있었다는 사실도 참으로 기쁘고 감사했다.

트리니티포럼에서 프레젠테이션을 하던 당시의 모습

흙먼지가 뒹굴던 시골길에서 먼지를 마시며 도시로 가는 버스 뒤꽁무니를 쫓아다니던 소년이 전 세계에서 날아온 공항 및 관광 전문가들 앞에서 영어로 성공 사례를 발표할 것이라고 감히 누가 생각할 수 있다는 말인가. 인생은 그래서 살아볼만한 것이다. 성장과 역전이 가능하기 때문이다. 초라한 현재의 모습도 내가 어떻게 도전하는가에 따라 10년 후 완전히 달라질 수 있는 것이 바로 인생이기 때문이다. 절대로 현재 상황에 주눅들 필요가 없다. 두드리고, 두드리고 또 두드리자. 열릴 때까지 두드리자. 두드리는 자에게 문은 열린다.

간사이 국제공항

① 인천공항보다 6년 앞선 1994년 9월 개항했다.

② 일본 혼슈 오사카만 해상에 있다.

③ 오사카 도심에서 40킬로미터 떨어져 있다.

④ 7킬로미터 길이의 터미널은 세상에서 가장 큰 건축물 중의 하나이다.

⑤ 롯데면세점이 해외 면세점 사업자로 최초 오픈했다.

5장

사실은
당신이
보석이었습니다!

사막에서 만난
오아시스와 같은 사람

나는 지도를 보면서 하룻밤을 꼬박 새웠다.
하지만 다 소용없는 일이었다.
내가 어디에 있는지 알 수 없었으므로.

−생텍쥐페리, '사막의 죄수' 중에서

　생텍쥐페리가 한 말이라고 한다. 인생은 산을 오르는 것과 같은 것이 아니라 사막을 건너는 것과 흡사하다고 주장하는 세계적 컨설턴트 스티브 도나휴Steve Donahue가 쓴 『사막을 건너는 여섯 가지 방법』에서 발견한 글이었다. 그는 20대에 사하라 사막을 건넌 경험을 바탕으로 책을 썼다. 사막에서는 모래의 모양이나 위치가 수시로 변하므로 지도가 소용없다고 한다. 다만 가고자 하는 방향을 가리키는 나침반을 따라 가면 된다고 한다. 인생도 마찬가지란다. 본인이 삶에서 길을 잃었다고 하더라고 내면의 나침반을 따라 그 방향으로 가다보면 속도는 더디더라도 종국에는 원하는 곳에 다다를 것이다.

　그는 또 사막을 가다가 오아시스를 만나면 물만 마시고 서둘러 떠나지 말고 충분한 휴식을 취하고 기력을 회복한 다음 여행을 떠나라고 충고한다. 인생에서도 오아시스에서의 휴식처럼 중간 멈춤의 시간을 갖지 않고 무작정 달리기만 한 사람들은 언젠가 인생으로부터 한 방에 철퇴를 맞아 자신도 모르게 한 순간에 인생을 마감하는 경우가 있다.

1990년, 내가 가장 어려운 시기에 오아시스 같은 사람을 만난 적이 있다. 국제보석감정사 자격증을 취득하기 위해 미국 연수를 떠났을 때였다. 생활비는 어느 정도 회사에서 지원을 받았지만 영어를 잘 배우기 위해 돈을 좀 더 보태서 미국인들만 사는 아름다운 주택가 LA 윌셔 28가에 숙소를 정했다. 미국보석학회에서 6개월이라는 짧은 기간 동안 나의 전공과는 전혀 무관한 보석 공부를 하면서 국제보석감정사 자격증까지 취득해야 했다. 그러므로 다른 일에는 한눈을 팔수도 없었고 자전거 한 대를 사서 오로지 숙소와 학교 사이를 왕복하며 공부에 열중했다.

나는 시골에서 자라서 한식에 오래 길들여진 몸이다. 그러니 김치 없이는 도저히 밥이 목구멍 너머로 넘어가지 않았다. 음식은 숙소에서 걸어서 갈 수 있는 가까운 마트에서 주로 빵과 야채로 해결을 했다. 점심은 학교로 오는 푸드 트럭 같은 곳에서 간단히 때웠다. 그런데 일주일을 이렇게 빵과 패스트푸드로 배를 채우고 나니 한국에서 먹었던 김치의 맛이 간절하게 그리웠다. 꿈에서도 김치를 볼 정도였다. LA시내로 나가면 한국인이 운영하는 마트에서 김치를 살 수 있었으나 나는 거기까지 나갈 겨를이 없었다.

그런데 어느 날 갑자기 지인으로부터 연락이 왔다. 대학시절 외국인 선교사에게서 함께 영어 성경 공부를 했던 K대학 영문학과 출신 S였다. LA에 위치한 한 대학원에 석사과정 유학을 와 있다고 했다. 그리고 그는 중고차를 몰고 내 숙소까지 찾아왔다. 나는 그와 함께 그동안 지내온 이야기를 간단히 나눈 다음 지금 김치가 너무 먹고 싶다고 다급하게 말했다. S는 바로 나를 시내 마트로 안내를 했고 나는 김치가 들어있는 병을 사자마자 뚜껑을 열고 김칫국부터 마셨다. 김칫국물이 목구멍을 통과해 배 속으로 들어오니 온몸이 개운해지는 느낌이었다. S는 나의 그런 모습을 보며 빙그레 웃고 있었다. 정신없이 국물을 마시고 손으로 김치를 몇 가닥 꺼내 먹다가 그와 눈이 마주쳤다. 그도 웃고 나도 웃음이 터졌다. 일주일 동안 김치를 굶어본 한국인만이 느낄 수 있는 공감대였다.

정신없이 미국보석학회에서 공부를 하고 있던 어느 날 장모님으로부터 전화가 왔다. 아내와 아이들을 보낼 테니 공항에 픽업을 나오라는 것이었다. 나는 차가 없으므로 곤란했다. S가 도와주어 아내와 아이들을 편안하게 픽업해 주었다. 식구가 늘어 좀 더 크고 임대료도 저렴한 집을 찾아야 했다. S는 한인타운에서 목회를 하시던 C목사님을 소개시켜주었다. 이후 연수기간 내내 C목사님 댁에서 거주하며 참으로 편안하게 지낼 수 있었다.

목사님과 사모님은 쇼핑을 할 때면 꼭 우리 식구들 것까지 챙겨주셨다. 함께 쇼핑도 해주시고 내가 공부하느라 아내와 아이들을 신경 쓸 수 없을 때 "선생님은 공부나 열심히 하세요."라며 가족들까지 세심하게 돌봐주셨다. 저녁이 되면 가끔 우리 식구들을 초대해 한식이 얼마나 그립겠느냐며 맛있는 요리를 정성스레 해주셨다. 아직도 그 때 사모님께서 해주신 꽁치구이의 음식의 그윽한 향이 기억에 생생하다.

미국보석학회에서 공부하던 중 7월에 며칠 동안 휴가를 주었다. 나는 어디 멋진 휴가를 떠날 상황이 아니었다. S는 LA에서 지내던 다른 지인을 소개해 그분 가족과 요세미티라는 빙하의 침식으로 기암절벽들이 절경인 아름다운 곳으로 휴가를 떠날 수 있었다. 한국에서 일할 때도 낮에는 직장 다니고 저녁에는 대학원을 다니느라 가족들과 휴가 한 번 제대로 가보지 못했는데 S 덕분에 미국에 와서 가족의 멋진 추억이 될 휴가를 보내게 되었다.

나는 미국 연수를 갈 때까지 운전면허도 없었다. 미국에서는 은행업무 등 간단한 일을 보더라도 차로 가야 했기에 LA에서 운전면허를 취득했다. S는 나에게 시내 연수를 시켜주겠다고 하며 자신의 차를 나에게 운전하도록 했다. 그런데 그만 시내에서 접촉사고를 내는 바람에 S의 차를 폐차까지 하게 되었다. 나는 너무나 미안해 찻값을 변상한다고 했으나 그는 중고자동차이므로 얼마 되지 않으니 괜찮다고 했다.

나는 미국 연수를 마치고 돌아와 급여에서 모은 돈의 일부를 그에게 전해주며 감사의 인사를 했다. 살다 보면 정말 믿었던 사람에게 속아 사람에게 깊은 상처를 받는 일이 허다하다. 그런 일이 반복되면 사람을 믿지 못하게 된다. 그러나 세상에는 나쁜 사람도 있지만 좋은 사람도 있다. 지금 돌아보니 LA에서 만난 S는 나에게 천사였구나 하는 생각이 든다. 나는 지금도 S가 나에게 베풀어준 친절을 생각하며 나도 그렇게 살려고 애를 쓴다. 물론 노력을 해도 그때의 S만큼 베풀지는 못한다. 그래도 나를 만난 사람들 중 지금도 나에게 도움을 받아 고맙다고 말하는 사람이 있는 걸 보면 내가 조금은 사랑의 빚을 갚아가고 있는 것 같아 다행이다.

사막 같은 인생을 건너며 나도 누군가에 오아시스 같은 사람이 되어야지 하고 다시 한 번 다짐해본다.

A4용지가 만들어준
4식구의 행복한 소통

"부모도 아이도 모두 입시 스트레스에서 해방되었지만 관계는 여전히 나빴습니다. 아이는 엄마와의 대화를 계속 기피했습니다. 아빠 곁에서는 항상 긴장과 반항의 태도를 유지했습니다. 아이가 먼저 말을 거는 법도 없었습니다. 그래서 코앞에 있는 아이의 근황을 아이 친구의 엄마를 통해서 들어야 했습니다."

– 정재영,『왜 아이에게 그런 말을 했을까』

서울대에 진학한 자녀와의 관계에서 일어난 심각한 문제를 깨닫고『왜 아이에게 그런 말을 했을까』라는 반성의 책을 쓴 정재영 저자의 이야기이다. 저자는 "아이를 똑똑하게 키우는 법은 알았지만 아이에게 사랑 주는 방법을 몰랐어요."라고 고백하고 있다.

나는 두 아이를 키우면서 어떻게 하면 아이들과 진솔하게 소통할 수 있을까 하고 고민했다. 아이들이 잘못된 생각 방식을 갖기 전에 올바른 사고를 할 수 있는 방법을 찾고 싶었다. 그렇다고 일방적인 훈계를 하는 것은 오히려 역효과를 불러올 것이라는 것을 잘 알고 있었기에 자연스럽게 대화할 수 있는 도구가 필요했다.

궁리 끝에, 평소 각자 A4용지에 다른 가족들에게 하고 싶은 말들을 메모해 두었다가 한 달에 한 번씩 주말에 네 식구가 모두 모여 각자 작성한 A4용지를 보면서 서로의 이야기를 진솔하게 나누도록 하는 소통의 시간을 마련했다. 두 아이가 초등학교 다닐 때부터 중학교 때까지 이런 시간을 가졌다. 부모인 우리보다 오히려 아이들이 더 좋아했다. 주말이면 식구들이 모두 식탁에 둘러 앉아 맛있는 간식을 먹으며 도란도란 이야기를 나누었다. 이야기는 재미있으면서도 허심탄회했다. 나는 아이들이 이야기할 때 아이들을 지그시 집중하여 바라보며 진지하게 경청했다. 그러면 아이들은 소소한 이야기들까지 하며 엄마와 아빠에게 바라는 사항들도 솔직하게 표현해주었다. 나는 이 시간을 통해 아이들에게 세상 살아가는 지혜에 관해 슬쩍 얘기해주곤 했다. 되돌아보면 이 작은 소통의 습관이 아이들 스스로 올곧게 성장하며 자립하기까지의 좋은 습관을 심어준 소중한 기회가 되지 않았나 하는 생각이 든다.

내가 항암 치료를 받으며 힘든 기간을 보낸 때가 있었다. 신촌 세브란스 병원에 입원해 항암 치료를 받고 퇴원하는 일을 수차례 반복하고 있었다. 그런데 우리 큰 아이가 병상에 있는 나를 생각하느라 경황이 없었는지, 목욕탕에 갔다가 미끄러져 넘어지면서 오른발 복숭아뼈가 크게 손상되어 급히 119를 불러 병원에 실려 왔다. 병원은 바로 내가 입원해 있던 병원이었다. 이 무슨 운명의 장난인가 하는 생각이 들었다. 큰 아이는 오른발에 철심을 박고 깁스를 한 채로 병원을 나섰다. 나도 항암 치료를 받고 퇴원했다. 큰 아이는 혼자서 학교에 갈 수 없는 상태였으므로 내가 학교까지 차로 픽업을 해주었다. 집에서 큰 아이 학교까지는 한 시간 이상 걸렸다. 두 달 가까이 아내와 번갈아가며 아이 등하교를 시켜주었다. 나도 항암을 하는 중이라 힘들었지만 큰 아이가 깁스를 하고 다니는 것이 더 걱정이 되었다. 큰 아이는 깁스를 한 채 목발을 짚고 나오면서도 "아빠, 난 괜찮아요!" 하고 오히려 나를 위로했다. 그리고 힘든 내색은 전혀 하지 않은 채 씩씩하게 학교를 다녔다. 나는 큰 아이가 힘을 내는 모습을 보며 나도 더 단단하게 항암을 견디며 이겨낼 수 있었다.

둘째 아이가 수능을 치렀을 때의 일이다. 수능을 마치고 돌아온 아이의 안색이 창백하고 너무나도 좋지 않아 보였다. 무슨 일이 있는지 물었다. 둘째는 수능 1교시 언어영역 시험에서 시험지에 체크해둔 답을 OCR카드에 한 칸씩 밀려 써서 잘못 옮겼다는 것이다. 이 무슨 소리인가, 청천벽력 같은 말이었다. 아내와 나는 너무 놀라 서로 눈을 마주치며 어쩔 줄 몰라 했다. 아이의 눈에는 눈물이 그렁그렁했다. 나는 순간적으로 아이에게 어떤 말을 해주어야 할지 고민했다. 사태는 이미 돌이킬 수 없었다. 1교시에 시험을 망쳤음에도 불구하고 시험 마지막 시간까지 다 치루고 나온 딸이 오히려 대견하다는 생각이 들었다.

"우리 딸, 인내력 정말 대단하다. 그 큰 실수를 하고서도 시험 끝까지 마치고 왔으니 잘했구나. 어서 씻고 오렴. 같이 밥 먹자."

나는 차오르는 안타까움을 억누르고 아이를 위로하며 어깨를 두드려 주었다. 수능 결과는 역시 참혹했다. 4년제 대학은 생각도 할 수 없는 점수였다. 둘째 아이와 차분하게 대화를 나누었다. 일단 전문대학에 들어가서 편입을 해보자고 합의를 보았다. 아이는 전문대 입학 후 학업과 편입 준비를 병행하는 힘든 일정을 보내야 했다. 밤낮으로 공부를 하는 본인도 힘들었고 그 모습을 지켜보는 나도 힘들었다. 이듬 해 가을 어느 날 전화를 받은 아내가 갑자기 큰 소리로 비명을 질렀다. 나는 또 아이들에게 무슨 일이 생겼는지 걱정되어 뛰어가 이유를 물었다. 아내는 둘째가 S여대 의상학과 편입에 합격했다는 전화가 왔다고 했다. 나는 순간 놀랐던 가슴을 쓸어내리며 안도의 한숨을 내쉬었다. 그동안의 근심과 걱정이 카푸치노의 거품처럼 사그라드는 느낌이었다.

둘째는 대학을 졸업한 후 이태리에 본사를 둔 모 명품 브랜드 회사에 아르바이트로 일을 하다가 정직원으로 채용이 되었다. 그리고 지금은 세계 최고의 모 보석 시계 브랜드 기업에서 MD로 당당하게 일을 하고 있다. 둘째가 언젠가 나에게 말했다.

"아빠, 내가 수능 시험 망쳤을 때 아빠가 나를 심하게 야단쳤으면 아마 저는 그때 집을 나갔을 거예요."

　가장 큰 실수를 했을 때, 가장 큰 위기를 맞이했을 때, 가장 큰 벽에 부딪혔을 때 그때가 바로 진짜 가족이 필요한 때다. 하지만 평소에 소통하지 않은 가족은 가족이 가장 필요한 그 순간에 가족에게 말할 수 없게 된다. 어린 시절 A4용지를 들고 옹기종기 모여 서로에게 진솔한 이야기를 나누던 그 짧은 순간들이 우리 아이들에게 위기의 순간에 가족과 함께 해결해 나아갈 수 있는 열린 마음과 지혜 그리고 단단함을 선물해 주었다는 생각이 든다.

그 소소한 일상이
진짜 행복이었어!

장 도미니크 보비Jean-Dominique Bauby. 그는 세계 최고 수준의 프랑스 패션 잡지 '엘르Elle'의 최고 편집장이었다. 무엇 하나 부족한 것이 없었고 누구도 부러워할 필요가 없는 사람이었다. 똑똑했고 멋졌으며 모두가 인정하는 실력을 갖춘 매력남이었다. 그는 43살에 뇌졸중으로 쓰러졌다. 20일 후 의식이 들었을 때 그가 움직일 수 있는 신체 부위는 오직 왼쪽 눈꺼풀뿐이었다.

누가 봐도 그의 인생은 끝난 것이었다. 그러나 놀랍게도 그의 인생은 그렇게 끝나지 않았다. 헌신적인 언어치료사와 대필 작가를 만나 그의 육체에서 마지막으로 움직일 수 있었던 왼쪽 눈으로 130페이지의 책을 써낸 것이다. 그들은 그들만의 언어를 만들기로 했다. 눈꺼풀을 한 번 움직이면 '예', 두 번 움직이면 '아니오'라는 의미를 정한 것이다. 그가 프랑스 알파벳을 보며 눈꺼풀의 깜빡임만으로 글자를 골라주면 대필 작가가 노트에 적는 방식이었다. 15개월 동안 20만

번의 깜빡임으로 130페이지의 책을 완성했다. 『잠수복과 나비』라는
책이다. 그는 책이 출간된 주간에 세상을 떠났다. 그의 책은 '잠수종
과 나비'라는 영화로 재탄생했다. 영화는 칸 영화제 감독상과 골든글
로브 최우수 감독상을 수상했다. 누구보다 잘 나가던 한 사람이 자
신의 육체에 갇혀 스스로는 아무것도 할 수 없게 된 상황에서 바라본
인생에 대한 성찰은 보는 이들에게 말로 표현할 수 없는 깊은 울림을
주었다.

"아침에 일어나서 면도를 하고, 코코아 한 사발을 마시고. 행복인
줄 모르고 시작했던 기적 같은 행복한 순간들."

장 도미니크 보비가 뇌졸중으로 쓰러지던 날을 회상하면서 책에
쓴 글이다. 아침에 일어나서 면도를 하고, 코코아를 마시는 것이 그
저 매일처럼 반복되는 당연한 일상이라고 여겼었는데 그것이 당연한
것이 아니라 바로 '기적'이었다는 것을 쓰러진 다음에야 알게 된 것
이다.

"애들 엄마한테 그동안 너무했다. 다 끝났다. 앞으로 잘해줄 기회
도 없을 테니까. 다 끝났다."

영화에서 그가 눈꺼풀로 표현했던 말이다. 그는 잘 나갈 때 아내가
얼마나 소중한 존재인지 전혀 눈치 채지 못했다. 눈꺼풀 하나만 살아

남게 되었을 때에야 비로소 너무나도 헌신적으로 살아준 아내가 눈에 들어왔다. 사람은 일상에 아무 이상이 없을 때는 그 일상이 얼마나 귀한 선물인가를 깨닫지 못한다.

간암 수술을 앞둔 전날 밤, 좀처럼 잠을 잘 수 없었다. '진정 내 인생은 여기까지라는 말인가. 왜 내게, 왜 내가, 내가 무슨 잘못을 그렇게 했다고 나에게 또 이런 일이 생긴단 말인가.' 그동안 쉽지 않은 직장생활에서 살아남기 위해 숨 막히게 달려온 지난 세월들이 주마등처럼 스쳐지나갔다. 새벽 4시에 다니던 교회 목사님과 성도들이 나를 위해 기도해주러 오셨다. 목사님께서 기도를 하는 동안 놀라운 일이 나타났다. 눈을 감고 기도를 하는데 갑자기 눈물이 걷잡을 수 없이 흐르기 시작하더니 온몸이 불덩이처럼 뜨거워졌다. 그리고는 거짓말처럼 두려움이 사라졌다. 마음이 잔잔한 호수처럼 평안해졌다.

아침 7시. 수술실에서 내려오라는 호출이 왔다. 아내가 침대의자에 누워있는 나를 수술실까지 밀어주었다. 수술실 문이 열리자 아내는 "여보! 힘내요."하고 외쳐주었다. 수술 후 마취에서 깨어나니 온몸에 각종 치료 보조기구들이 달려있었다. 마치 나 자신이 조립용 기계가 된 기분이었다. 의식은 회복했지만 온몸이 완전히 기진맥진하여 움직일 수가 없었다. '아! 사람이 진이 빠지면 죽는다는 것이 이런 것이겠구나.'하는 생각이 들었다.

병상에서 조금만 움직이려고 해도 극심한 고통이 일어나 거동을 할 수 없었다. 그러나 창밖으로 보이는 눈 덮인 한강을 내 눈으로 볼 수 있는 사실만으로도 감사했다. 결국 살아난 것이다. 마취가 서서히 풀리니 온몸에 고통이 극심하게 느껴졌다. 진통제를 먹었지만 무용지물이었다. 한동안 무시무시한 고통을 세포 하나하나로 오롯이 받아내야만 했다.

식사도 며칠 동안 미음으로 대신해야 했다. 6일 만에 처음으로 배변이 가능했다. 그런데 그 아픔은 도저히 참을 수 없을 정도였다. 살갗이 찢어져 나가는 기분이었다. 평상시 밥을 먹고 편하게 볼일을 보았던 일들이 결코 당연한 것이 아니었구나 하는 생각이 들었다. 의사는 빠른 회복을 위해서는 걷는 것이 좋다고 했다. 건강할 때는 아무 생각 없이 걷고 뛰곤 했던 일들이 그때는 내 모든 힘을 다해서 초인적인 집중을 해야 겨우 한 걸음을 뗄 수 있는 상태였다. 고통스러웠지만 몸을 움직였다. 발을 들어 앞으로 내디뎠다. 그리고 한참을 쉰 다음에야 다음 발을 내디뎠다. 다행히 반복해서 몸을 움직이니 회복 속도가 빨랐다. 며칠 동안 병원에서 그렇게 걷기 운동을 통해 컨디션을 되찾은 끝에 무사히 퇴원할 수 있었다.

집에 돌아오니 모든 것이 새로웠다. 내가 쓰던 칫솔 하나, 베개 하나까지도 반갑고 소중해 보였다. 우리가 평소에 누리는 일상은 결코 당연한 존재가 아니다. 병원에 입원해 있는 수많은 환자들을 보라. 우리가 누리는 일상이 병원에 입원한 그들에게는 간절한 바람이자 기적의 일과도 같다. 평소 아무렇지 않게 습관처럼 보내던 그 소소한 일상이 바로 행복이었던 것이다.

. . . .

한 개에 천만 불,
블루 다이아몬드를 직접 보고

그날의 감동을 아직도 잊을 수가 없다. 그날 내가 본 보석에 대한 인상은 뭐랄까 마치 우리나라 가을 하늘의 청명한 빛깔을 보는 듯 했달까. 영롱하면서 맑고 깊어 그 순수한 빛에 내 눈이 별처럼 빛나는 것 같았다.

"Mr. Lee, 이 완벽한 보석은 지구상에 하나밖에 없소."

보석의 소유주가 내게 말했다. 그는 그 보석이 1천만 불을 넘어선다고 했던 것으로 기억된다. 그 보석은 보석 관련자들이 평생에 한 번 보고 죽으면 다행이라고 얘기하는 '블루 다이아몬드fancy, deep-blue diamond 31.06Carat'였다. 미국에서 국제보석감정사 공부를 하며 전설로만 들었던 블루 다이아몬드를 육안으로 실제로 보다니 믿어지지가 않았다. 그 감동은 이 세상을 떠날 때까지 평생 잊히지 않을 것이다.

보석의 주인은 세계 최고의 보석상 그라프GRAFF의 대표 미스터 그라프Mr. Graff였다. 1991년 나는 롯데면세점에 근무하면서 세계 최고 클래스의 보석 브랜드인 그라프를 국내에 유치하기 위해 그라프의 본사를 방문했다. 본사는 영국 명품을 대표하는 세계적 브랜드 버버리와 멀버리, 디자이너 폴 스미스 등 최고의 브랜드 매장들이 화려하게 자리 잡고 있는 고풍스러운 명품거리 본드 스트리트Bond Street 중앙에 위치해 있었다.

그라프 부티크에 들어가 처음 대면한 미스터 그라프의 모습은 내가 예상했던 것보다 부드럽고 젠틀했다. 세계적 최고 수준의 보석상에서 예상되는 거만함은 찾아볼 수 없었다. 하지만 자부심만은 숨길 수 없었다. 그는 최고의 보석은 자신이 직접 움직여 구입을 한다고 은근히 과시를 했다. 자신들이 보유한 보석에 대해 설명할 때 그의 모습은 마치 처음 받아쓰기에서 백 점 맞은 아이처럼 순수하면서도 열정이 있었다.

이윽고 그는 낮은 목소리로 내실로 들어가자고 제안을 했다. 그리고 일반적인 금고가 아닌 특별한 금고에서 무언가를 대단히 조심스럽게 꺼냈다. 그것이 바로 블루 다이아몬드였다. 내가 보석에 대해 아무것도 모르는 문외한이었다면 그는 결코 블루 다이아몬드를 내게 보여주지 않았을 것이다. 내가 미국보석학회에서 수여하는 국제보석 감정사 자격증을 보유한 사람이라는 것을 그는 알고 있었고 자신이 그 보석을 보여주었을 때 내가 얼마나 놀라고 감동받을지 예상했었기에 보여주었을 것이다. 그는 자신이 직접 경매에 참가해 구매하는 보석들은 모두 저마다의 전설 같은 스토리들을 가지고 있노라고 말했다.

전설 같은 스토리 하면 빼놓을 수 없는 유명한 보석이 있다. 바로 미국 스미소니언 자연사 박물관에 전시된 호프 다이아몬드Hope diamond였다. 이 보석은 인도산으로 프랑스의 보석상인 장 바티스트 타베르니에Jean-Baptiste Tavernier가 구입해 프랑스로 가져왔다고 한다. 그는 원래 112캐럿의 이 다이아몬드를 루이 14세에게 팔았다. 루이 14세는 이것을 67.50캐럿의 삼각형 배 모양으로 세공을 시켰고 평생 단 한 번만 몸에 지닐 정도도 귀하게 여겼다고 한다. 하지만 그는 말년에 자신의 손자들이 병으로 죽는 것을 지켜봐야 했으며 절대왕권을 형성했던 자신의 권력기반도 막대한 부채로 서서히 붕괴되어가는 불행을 맛보며 죽음을 맞이해야 했다. 이후 이 보석은 듀발리 자작부인, 마리 앙투아네트에게 전해지게 되는데 이들 모두 참수를 당하는 불행을 겪는다. 이런 이유로 이 보석은 한때 '프렌치 블루 다이아몬드'로 알려진다.

이 보석은 1830년 보석상 에리아손에 의해 경매장에 나타났으며 이를 런던의 은행가 헨리 필립 호프가 구매했다. 그의 사후에 조카인 헨리 토마스 호프의 소유가 되었고 이때부터 '호프 다이아몬드'라고 불리기 시작했다. 이후 다시 몇 가지 경로를 거쳐 1949년 뉴욕의 보석상이었던 해리 윈스턴이 이 보석을 구입하였고 그는 1958년 9월 스미소니언 자연사 박물관에 이를 기증하였다. 1973년 스미소니언 자연사 박물관에서 이 원석을 측정한 결과 45.52캐럿으로 나타났다. 바로 이 호프 다이아몬드가 영화 타이타닉에서 여주인공 로즈가 약혼자에게서 선물로 받은 '대양의 심장'이라는 다이아몬드 목걸이의 모델이다. 보석에 대한 보다 상세한 내용은 문희수 교수의 『보석, 보석광물의 세계』를 보면 확인할 수 있다.

나는 뉴욕 5번가에 위치한 해리 윈스턴 본사에서 미스터 윈스턴 Mr. Winston 회장을 만난 적이 있다. 전 세계의 많은 국가 원수들과 왕실 고위 인사들, 영화계의 전설들이 그의 작품들에 현혹되었다고 한다. 세계에서 가장 유명한 다이아몬드의 3분의 1이 해리 윈스턴의 손을 거쳐 갔을 정도라고 한다.

국제보석감정사로서 세계 최고의 보석들을 보며 느낀 것은 하나같이 그들만의 스토리가 있다는 것이다. 처음부터 세계 최고였기에 스토리가 생긴 것인지, 스토리가 생겼기 때문에 최고로 대접을 받은 것인지는 구분하기 어려우나 최고의 보석들은 모두 스토리를 갖고 있었다. 내가 살아온 인생을 돌이켜보면 수차례의 죽을 고비를 넘겨야 했으며 인생의 각 단계에서 크고 작은 위기의 순간들을 극복해야 했다. 그 당시에는 그 순간들이 죽을 만큼 힘들었지만 결국 그 순간의 스토리들이 지금의 나를 만들어 준 셈이다. 남들이 볼 때는 사회적으로 최고의 자리에 오른 것은 아니지만 나 스스로에게는 그 아픈 위기들을 잘 넘겨준 나 자신이 무척 대견하고 다행스럽다. 이제는 그 작은 스토리들이 나와 같은 위기를 겪고 있는 누군가에게 희망과 삶의 힌트가 되기를 바라면서 이 글을 쓰고 있다.

내가 살아온 인생, 나에게만큼은 천만 불짜리 보석이라고 얘기하고 싶다.

알아두면 좋을 Tip

다이아몬드의 가치

① 다이아몬드는 탄소로 이루어진다.
② 색상 등급은 다이아몬드의 색이 얼마나 투명한가를 결정하는 것이다.
③ 무색으로 분류되는 등급은 D, E, F이며 G부터는 약하지만 약간의 색을 갖는다.
④ 1캐럿은 0.2그램이며 평균 지름은 6.5밀리미터이다.
⑤ 블루와 레드 칼라는 극히 드물며 최고의 가치를 나타낸다.

내 인생 최고의 보석, 아내!

허름한 연립주택 5층에 있는 방 2개 딸린 집에 신혼살림을 차렸다. 엘리베이터도 없었다. 그때만 해도 연탄을 때는 집이었다. 결혼을 앞두고 장모님께서 "여보게, 내가 살아보니 좋은 아파트에 전세를 살면 마음은 편하지만 값이 오르는 것도 아니고 언제 이사를 가야 할지도 모르네. 허름한 작은 집이라도 내 집에서 살아야 마음도 편하고 집값이 오르네."라는 조언을 주셨다. 나는 이북에서 내려와 알뜰하게 살림을 가꾸어 오신 장모님의 말씀이 지혜롭다고 생각해 그렇게 했다.

겨울이 되면 아내는 연탄을 때기 위해 무거운 쇠통에 연탄을 담아 5층 계단을 오르락내리락해야 했다. 칼날 같은 바람이 부는 겨울에 그 무거운 연탄 쇠통을 들고 힘겹게 계단을 오르며 아내는 무슨 생각을 했을까. 그러나 아내는 내게 아무런 불평 한마디 하지 않았다.

대기업에서 직장생활을 하시던 장인어른은 "여자는 결혼을 하면 집에 있어야 한다. 아이를 키우는 것은 돈을 버는 것보다 더 중요한 자산이 된다."라고 말씀하셨다. 나는 빈곤한 가정에서 자라 어려운 형편 가운데 성장했지만 당시 꽤 인지도 있었던 잡지사의 카피라이터였던 아내는 비교적 여유가 있는 가정에서 자랐다. 나는 장인어른의 말씀을 따라 아내가 집에 있도록 했다.

그런데 어느 날 퇴근해 보니 어머니가 우리 집에 와 계셨다. 무슨 일인가 자초지종을 들어보니 당분간 우리 집에서 함께 지내야 할 사정이 있었다. 달랑 방 두 칸에 시어머니까지 모시고 산다는 것은 아내에게 정말 가혹한 일이라는 생각이 들었다. 하지만 이미 찾아오신 어머니를 어떻게 할 도리가 없었다. 아내는 그 좁은 연립주택 방 2개에서 시어머니를 보살피며 살아 주었다. 그러면서도 전혀 불편하거나 힘들다는 내색은 하지 않았다.

신혼 초에 나는 호텔 프런트 데스크Front Desk에서 체크인Check-in을 담당했다. 프런트 업무는 특성상 24시간 고객을 대하며 고객의 객실 예약을 확인하고 판매하며 주간과 야간을 번갈아 가며 교대로 근무를 한다. 호텔의 얼굴이기도 하며 고객 서비스의 중추적인 역할을 감당해야 하기에 가장 중요한 부서이기도 하다. 일을 하다가 상사에게 지적을 당하고 야단을 맞거나 스트레스 받는 일이 있으면 퇴근 후 아내에게 사소한 일로 짜증을 내곤 했다. 언젠가 밤새 야근을 마치고 집에 돌아와 보니 아내가 안 보였다. 당시 아내는 첫아이를 임신한 상태였다. 아내는 진통의 주기가 짧아지자 혼자 병원에 간 것이었다. 나는 한잠도 못 잔 상태라 잠시 눈 좀 붙이고 가야겠다고 생각하고 방에 누웠다. 잠을 깨고 일어나 병원에 가보니 이미 아내는 출산을 하고 난 후였다. 아내의 첫 출산을 곁에서 지켜주지 못해 평생 마음의 빚이 되었다.

큰 아이가 초등학교 시절 운동화 바닥이 너무 닳아서 빗물이 들어온다며 새 운동화를 사달라고 졸랐다. 나는 큰 애에게 그것도 못 신고 다니는 아이도 있으니 조금 더 신으라고 했다. 나는 아이가 사달라는 대로 다 사주면 아이의 습관이 나빠질까봐 그렇게 말한 것이었으나 지금 생각해보면 참 너무한 행동이었다. 월급이 빠듯한 직장생활을 하면서 야간 대학원에 다녔으니 등록금까지 마련하느라 나는 돈을 지출하는 것에 극도로 민감했었다. 결혼 후 10년이 지나서야 겨우 자동차를 마련하였다. 나는 돈을 아낀다고 했지만 그 모든 불편의 대가는 아내가 고스란히 치러야 했다. 아내는 쥐꼬리만한 월급을 받아 생활하며 하루하루 지나기도 벅찼으니 자신을 위해 무엇인가를 한다는 것은 엄두도 내지 못했을 것이다.

두 아이가 어릴 적의 일이다. 하루는 아침부터 별것 아닌 일로 내가 아내에게 잔소리를 하다가 말다툼을 벌였고 불편한 마음으로 출근을 했다. 하루 종일 무거운 마음으로 일을 하고 퇴근을 했는데 집안에 아무도 보이지 않았다. 아내도 아이들도 없었다. 순간적으로 겁이 덜컥 났다. '내가 좀 더 참았어야 하는데.'하는 뒤늦은 후회가 밀려왔다. 다행히 아내는 아이들과 함께 친정에 가 있었다. 마음이 다소 안심이 되자 그놈의 쓸데없는 자존심이 올라와서 바로 전화를 하지 않았다. 시간이 한참이나 흘러 뒤늦게 처가에 전화를 하니 장모님께서 받으셨다. "이제 자네 식구이니 자네가 와서 자네 식구들 데려가게." 장모님께 면목이 없었다. 귀한 딸 애지중지 키워서 내게 보내주셨는데 이런 꼴을 보여드리다니 너무 죄송했다. 아내와 아이들을 집으로 데리고 오면서 다시는 이런 일이 없도록 해야지, 하며 다짐을 했다.

지난해 큰 딸아이가 결혼을 했다. 딸아이가 결혼을 하니 사위가 우리 딸을 잘 아끼고 사랑하며 보살펴주어야 할 텐데 하는 생각이 들며 장인, 장모님과 아내에게 죄송하고 미안한 마음이 훅 올라왔다. 내가 아내를 데려올 때 장인, 장모님이 이런 마음이었겠구나 하는 생각이 들었기 때문이다. 딸아이의 결혼식에 축사를 해주셨던 목사님의 말씀이 내 마음에 깊이 와 닿았다.

"세상의 눈으로 보면 '일 더하기 일'은 하나(1)가 아니라 둘(2)이 됩니다. 하지만 믿음의 눈으로 하나(1)를 이루며 사는 것이 부부입니다. 각자 하나(1)로 살아온 습관으로 부딪히고 티격태격하는 것은 부부가 하나(1)가 되는 진리를 깨우치지 못한 행동입니다. 하나(1)가 되기 위해서는 각각 한쪽이 자신의 반(0.5)을 버려야 합니다. 즉 0.5+0.5가 되어야 하나(1)가 될 수 있는 것입니다. 부부란 서로 다른 모습으로 존재하는 두 개(2)를 하나(1)로 만들어 가는 사랑의 원리를 따라야 합니다."

아내는 나와 결혼을 하며 자신의 많은 것을 버렸다. 그러나 나는 순간순간 올라오는 감정을 참지 못하고 사소한 일에 벌컥 화를 내는 때가 많았다. 돌이켜보면 정말 어리석고 참 바보 같은 짓이었다. 더구나 나는 항암치료를 했고 이후에 암 수술까지 해야 했다. 그럴 때마다 아내는 헌신적으로 나를 돌봐주었다. 아내가 없었다면 나는 이미 이 세상 사람이 아니었을 것이다. 글을 쓰는 이 시간을 빌어 아내에게 꼭 전하고 싶은 말이 있다.

"여보, 내가 국제보석감정사로서 수많은 보석들을 보아 왔지만 내 인생 최고의 보석은 바로 당신입니다! 사랑합니다!"

시골 소년,
세계 최고 명품 보석 브랜드의
한국 대표가 되다

"우리가 오늘날 커팅하고 생산하는 보석은 내일의 역사적인 보석이 될 것입니다."

세계 최고의 보석상으로 불리는 '그라프'의 설립자 로렌스 그라프 Laurence Graff의 말이다. 그라프는 1960년도에 설립된 이래로 세계에서 가장 품질이 뛰어난 다이아몬드를 제조하는 것으로 정평이 나 있다. 그라프의 보석학자들은 현존하는 최고의 다이아몬드와 비슷하거나 그보다 탁월한 원석을 발견하기 위해 지구의 가장 깊은 곳까지 탐색한다고 한다.

나는 롯데면세점 근무 시절 최고의 명품 보석 구매를 위해 영국 런던에 있는 그라프 본사를 방문하여 그라프 회장을 만난 적이 있다. 그라프 회장은 세계 최고의 보석상답게 격조와 품위가 있었다. 그와 대화를 나누며 보석에 대한 그의 열정과 자부심을 느낄 수 있었다. 최고의 보석은 역시 우연히 탄생하는 것이 아니구나, 라는 생각이 들었다. 그라프 가문은 모든 원석의 가공과정에 대해 직접 관리를 하고 있었다. 자신들이 쌓아온 비밀스러운 노하우와 기술이 보석세공 과정에 한 치의 오차도 없이 적용되는지 확인하는 것이었다.

2013년 초, 그라프에서 서울 신라호텔에 부티크를 오픈한다는 소식을 들었다. 그 소식을 듣는 순간 나도 모르게 심장 박동이 빨라졌다. 영국 런던 그라프 본사에서 그라프 회장을 만났던 모습도 다시 떠올랐다. '이게 무슨 일이지, 왜 가슴이 뛰고 그때 생각이 다시 생생하게 떠오르는 거지.'하는 마음이 들었다. 그때 나는 롯데면세점에서 25년의 치열한 직장생활을 거치며 임원이 되어 있었다. 가슴이 뛴다는 것은 뭔가 기대에 차고 새로운 희망을 볼 때 나타나는 현상이다. 나는 직감적으로 '아! 내가 새로운 도전을 해야 할 타이밍이 된 모양이구나.'하고 느꼈다.

익숙한 업무, 익숙한 사람, 익숙한 환경을 떠난다는 것은 결코 쉬운 일이 아니다. 하지만 익숙함을 스스로 떠나지 않으면 타의에 의해 떠나게 된다는 것을 나는 오랜 경험을 통해 알고 있었다. '그래! 잘 되고 있을 때 떠나자.'라고 결심했다. 나는 그라프 영국 본사에 전화를 걸었다. 나는 그라프 회장과 통화하고 싶다고 했다. 그라프 본사 직원은 이유를 물었다. 그라프에서 서울에 그라프 보석 부티크를 오픈

한다고 들었는데 그라프 한국 대표로 지원을 하고 싶어서라고 했다.

때론 전화 한 통이 운명을 바꾼다. 그라프 영국 본사 직원은 뜬금없이 걸려온 국제전화 한 통에 황당했을 텐데도 나의 경력과 미국보석학회 공인 인증 국제보석감정사라는 이야기를 듣고 상사에게 보고를 해주었다. 결국 나는 홍콩 그라프에서 면접을 보기로 했다. 면접에서도 면세점에서의 다양한 실제 경험과 국제보석감정사로서의 자격을 인정받아 나는 세계 최고의 보석상 그라프 코리아GRAFF KOREA의 첫 대표가 되었다.

저 멀리 버스가 신작로를 따라 달려오면 뿌연 먼지가 안개처럼 시골길을 덮을 때 그 뿌연 먼지 속으로 뛰어들어 버스 꽁무니를 따라 뛰면서 깔깔깔 웃음보를 터뜨리던 시골 소년이 세계에서 가장 화려하고 값비싼 다이아몬드 보석을 판매하는 세계적인 보석상의 한국 대표가 된 것이다. 가슴이 찡하고 뭉클했다. 그동안 몇 번에 걸쳐 죽을 고비를 넘기면서 살아온 세월이 파노라마처럼 눈앞으로 흘러갔다.

지금 내가 어디에 속해 있는가는 중요하지 않다. 내가 쓰임 받을 수 있는 능력을 갖추기 위해 순간순간 최선을 다한다면 나의 소속은 얼마든지 바뀔 수 있다. 저 촌구석 시골에서 세계 최고의 도시로 충분히 바뀔 수 있는 것이다. 몸은 시골에 있지만 마음은 시골이 아닌 세계를 꿈꾸며 영어 공부를 하고 있다면 그는 이미 세계를 향해 뛰고 있는 것이다. 세계의 비즈니스맨들이 쓴 책을 보면서 자신의 미래를 그리고 있다면 이미 세계를 향한 사업을 시작한 것이다.

환경은 바꿀 수 없지만 나 자신은 바꿀 수는 있다. 어릴 때 시골이라는 내 거주지는 바꿀 수 없지만 그곳에서 하루 일과를 어떻게 보낼 것인가는 내가 선택하고 바꿀 수 있다. 2002년 43세의 나이로 노벨화학상을 수상한 다나카 고이치 씨는 일본의 작은 계측기기 중소기업인 시마즈 연구소에서 주임으로 근무하던 회사원이었다. 2014년 노벨 물리학상을 받은 나카무라 슈지는 일본의 중소기업 니치아 화학공업에서 20년 동안 연구원으로 근무했다고 한다.

내가 있는 곳이 그 어디든 내가 어떤 생각을 하고 어떤 행동을 할 것인지는 내가 선택하고 결정하는 것이다. 시골에 살더라도 풀이 죽을 필요 없다. 중소기업에서 일하고 있더라고 기죽을 필요 없다. 내가 하고 있는 일에서 세계 최고가 누구인지를 찾고 그가 하는 생각을 알아보고, 그가 하는 행동을 공부하며, 그가 이룬 내용들을 나도 열정적으로 학습하면서 나만의 것으로 적용하고 발전시킨다면 바로 나도 그들처럼 될 수 있는 것이다.

때론 시골에서 태어나 지독하게 가난하게 살았던 시절이 감사하게 느껴진다. 그 덕분에 내가 치열하게 살 수 있었고, 공부에 몰입할 수 있었기 때문이다. 그 덕분에 수차례나 찾아온 암과의 전투에서도 강인한 의지로 이겨낼 수 있었기 때문이다.

글로벌 기업에 도전하는
후배들에게

"한국이 신종 코로나 바이러스 감염증(코로나19) 방역 모범국가로
서의 위상에 힘입어 K-방역모델을 국제표준으로 만들기 위한 민
관 전문가 협의회를 본격적으로 가동했다. (중략)"

얼마 전 언론에서 본 기사내용이다. 코로나19 바이러스가 전 세계
를 위협하고 있는 가운데 한국이 효과적으로 대응을 잘해 피해를 최
소화하면서 세계가 한국의 방역모델에 각별한 관심을 갖게 되자 정
부에서는 아예 우리의 방역모델을 국제표준으로 만들기 위한 협의를
시작한 것이다.

이제는 이러한 대한민국의 위상이 방역모델에서 뿐만 아니라 글로벌 기업에도 적용될 수 있다고 생각한다. 나는 세계 최고의 보석 유통 기업인 그라프GRAFF와 세계 1위 면세점 듀프리DUFRY의 초대 한국 대표를 지냈다. 글로벌 기업에 근무하면서 '아! 이제는 우리 대한민국의 인재들이 글로벌 기업에서 충분히 경쟁력 있게 일할 수 있겠구나.'하는 생각을 했다.

사람들은 보통 글로벌 기업에 들어가려면 엄청나게 높은 스펙을 갖추어야 할 것이라고 생각한다. 물론 일부 유명 컨설팅 기업처럼 높은 스펙을 요구하는 기업도 있다. 왜냐하면 그들의 고객사들이 주로 우리나라의 대기업들이며 그들의 요구에 맞는 스펙을 가진 컨설턴트를 보내야할 필요가 있기 때문이다.

하지만 우리나라에는 2019년 1월 기준 18,600여 개에 달하는 외국계 기업이 있다. 이들 기업은 사실 높은 스펙을 갖춘 사람보다 실제로 업무에서 성과를 낼 인재를 찾고 있다. 지원자가 자신들이 원하는 분야에서 필요한 경험을 갖고 있으며 그가 참여했던 프로젝트에서 실제로 어떤 역할을 했고 얼마나 기여를 했는지를 파악해 그의 실력이 검증이 되면 스펙과 상관없이 선발을 하는 것이다.

나도 세계 1위 면세점 듀프리에 한국 초대 대표로 지원할 때 처음에 헤드헌터 쪽에서 '나이가 50살이 넘으면 지원 자격이 안 된다.'는 부정적인 반응을 받고 실망했지만 적극적으로 어필을 하기로 했다. 나는 국내 면세점에서 이미 다양한 국제 프로젝트 경험을 바탕으로 듀프리가 한국에 면세점을 시작하기 위해서 넘어야할 관문들을 모두 알고 있었다. 그들에게는 나의 경험과 노하우가 대단히 요긴하게 쓰일 것이라고 판단을 했었기에 헤드헌터에게 일단 듀프리 쪽과 만날 수 있게만 해달라고 강력하게 피력했다.

나의 상세한 설명을 들은 헤드헌터는 듀프리의 아시아 담당 사장과 조인트 벤처 한국 사장을 비롯한 관계자들과의 면접기회를 만들어 주었다. 나는 롯데면세점의 신규사업부문장으로서 싱가포르 창이 공항 면세점 입찰에 참여하여 세계적인 경쟁자들을 물리치고 낙찰을 받아 오픈한 경험과 한국에서 관세청의 허가를 얻으려면 어떻게 준비를 해야 하는 지에 대한 브리핑을 통해 그들에게 내가 구체적으로 어떤 부분에서 기여를 할 수 있는지 어필하였다.

면접관들도 만만치는 않았다. 나의 이야기를 들으며 세부사항까지 날카롭게 질문을 던졌다. 실제로 일을 해낼 역량을 가진 것인지 그냥 보고만 받으며 일이 되는 것을 지켜만 본 것인지 확인하는 듯했다. 그리고 한 사람이 질문을 해서 내가 대답을 하고 있으면 다른 사람이 나를 관찰하고 있다는 느낌도 들었다. 피가 마르는 면접이 끝나고 며칠이 지나자 헤드헌터로부터 연락이 왔다. 듀프리 스위스 본사 인사담당 임원과 국제전화로 인터뷰를 하라는 것이었다. 국제 전화로 한 시간 이상을 그와 통화를 했다. 나는 결국 세계 1위 면세점 듀프리의 초대 지사장으로 선정되었다.

글로벌 기업을 향한 도전은 얼핏 두렵다는 생각이 들 수 있지만 나의 실력과 됨됨이로 공평하게 도전할 수 있다는 장점이 있다. 나는 우리나라의 훌륭한 청년들이 이 좁은 곳에서만 진로를 찾지 말고 과감하게 글로벌 기업에 도전하기를 진심으로 바란다. 스펙이 부족하다고 한탄하지 말고 자신이 지원하고자 하는 글로벌 기업을 찾아 그 기업에 필요한 능력과 경험을 갖추면 충분히 가능한 것이 현재의 상황이다.

처음부터 정규직 입사가 어렵다고 판단되는 사람이라면 아르바이트나 계약직으로 경험을 쌓는 것도 아주 좋은 전략이다. 내가 가고자 하는 글로벌 기업에 연결이 되는 경험이면 아르바이트나 계약직 경험도 자신의 능력을 어필할 수 있는 훌륭한 경력이 되기 때문이다. 실제로 나의 작은 아이는 글로벌 기업의 아르바이트로 들어갔다가 그 경험을 바탕으로 정규직 입사에 성공을 했다.

"면접을 본다는 것은 상당한 스트레스가 따르고 원하는 회사의 상황을 분석하고 이해하여 향후 발전방향을 고민하는 등 적어도 1주간은 그 회사에 대한 연구가 필요한 일이다. 더불어 그 회사의 CEO의 입장에서 생각하고, 임원 입장에서 시장을 바라보고, 그러한 관점에서 나의 역량은 무엇이고, 짧게는 3개월, 6개월 1년 만에 어떤 가시적인 성과를 낼 수 있을지 구체적으로 제시할 수 있어야 한다."

한국 IBM과 프랑스 텔레콤 회사 등 글로벌 기업에서 30년 이상 활약한 경험을 바탕으로 『글로벌 코드로 일하라』를 저술한 곽정섭 저자의 말이다. 이제는 대한민국의 젊은이들도 국내에서만 일을 찾기에는 너무나도 힘든 상황이 되었다. 소위 명문대를 졸업하고도 국내 대기업에 취업하지 못하는 사람이 부지기수다. 세계로 나가는 수밖에는 없다. 세계를 상대로 부딪쳐야 한다. K-POP의 BTS는 이미 세계 최고의 아티스트로 인정받고 있다. 대한민국의 IT 인프라는 단연 세계 최고다. 대한민국의 후배들이여 당당하게 자신감을 가지고 글로벌 기업의 문을 두드려라! 될 때까지 두드려 보라. 반드시 열릴 것이다.

주얼리계의 별,
국제보석감정사

8캐럿짜리 다이아몬드를 담보로 맡기고 큰돈을 빌려간 사람이 얼마 후 다시 찾아와 다이아몬드를 보여 달라고 하고는 교묘하게 그 다이아몬드와 거의 흡사한 모조품을 두고 갔다가 발각이 되어 사기 혐의로 체포되었다는 뉴스를 본 적이 있다. 다이아몬드 1캐럿은 0.2그램의 아주 가볍고 작은 사이즈이다. 요즘에는 가공기술이 워낙 발달이 되어 이러한 작은 크기의 보석을 가짜로 둔갑시켜 만들어내면 일반인들뿐 아니라 웬만한 보석상들도 진위를 가려내기가 쉽지 않다.

국제보석감정사는 이러한 보석의 진위를 가려내는 고도의 기술을 지닌 전문가로서 보석분야에서 세계적으로 인정받는 보석교육기관에서 보석에 대한 전문적인 교육을 받고 일정한 시험을 거쳐 자격증을 획득한 사람을 말한다. 국제보석감정사가 되기 위한 교육기관으로는 미국보석학회GIA, 영국보석학회FGA, 유럽보석학회EGL 등이 있다. 이중 미국보석학회가 가장 권위 있는 기관으로 인정받고 있다.

보석은 유통과정에서 어떤 감정서의 등급이냐에 따라 그 가치가 크게 달라진다. 세계 최고의 명품 보석 브랜드는 자체에서 발행하는 보증서도 있지만 취급과정에서 보석의 가치를 객관적으로 평가하기 위해 미국보석학회인 'GIA 감정서'를 주로 사용한다.

나는 롯데면세점이 세계 명품 보석 브랜드 사업에 진출하면서 전문성을 갖춘 국제보석감정사를 필요하게 되었을 때 미국보석학회 연수 요원으로 선발이 되어 미국으로 건너가 보석학 공부를 하고 국제보석감정사 자격증을 취득하였다. 이후 면세점 보석 담당 MD로 티파니Tiffany, 까르띠에Cartier, 불가리Bvlgari, 미키모토Mikimoto, 해리윈스턴(2nd 브랜드), 라자르 다이아몬드Lazare Diamond 등을 유치했다. 특히 대한민국 최초로 그라프Graff와 반클리프 앤 아펠Van cleef & Arpels의 부티크를 오픈하기도 했다.

내가 국제보석감정사의 자격을 갖추었기에 해외의 세계적인 최고 명품 보석 브랜드의 담당자들과 이야기를 나눌 때도 그들은 나의 전문성을 인정하고 예우를 갖추어 주었다. 수천만 원에서 수억 원에 이르는 고가의 보석을 취급하는 주얼리계에서 국제보석감정사는 핵심적인 역할을 하는 별과 같은 존재라고 할 수 있다.

최근 보석시장은 명품보석시장과 함께 일반인들을 대상으로 하는 악세사리 보석 시장도 활성화되고 있는 추세이다. 예를 들어 결혼

예물로 다이아몬드 반지를 수천만을 주고 마련했다고 해도 평상시에 그 반지를 끼고 다니기에는 여간 부담스럽지가 않을 것이다. 소위 '큐몬드'라고 불리는 다이아몬드 시뮬런트Diamond Simulant 상품을 구매해 착용하고 다니는 사람들이 많아지고 있는 것이다. 디자인 측면에서는 패션 주얼리의 트렌디한 디자인과 하이엔드 주얼리의 클래식한 디자인을 결합한 브리지 주얼리Bridge Jewelry가 각광을 받고 있다.

향후 주얼리 시장에 관심을 가지고 있는 사람들은 이러한 분야에 도전을 해도 좋다고 생각한다. 특히 요즘은 SNS의 발달로 인해 1인 기업의 형태로 사업을 할 수 있는 인프라들이 갖추어져 있으므로 주얼리 분야에도 창의적인 아이디어로 도전을 한다면 청장년들에게 좋은 창업의 기회가 될 수 있을 것이다.

지금은 예전과 달리 기업의 광고홍보보다도 인플루언서들의 영향력이 소비자들에게 훨씬 큰 영향을 주고 있다. 따라서 이러한 인플루언서들과의 콜라보와 유튜브나 인스타그램 등의 기존 플랫폼을 활용한다면 우리나라뿐만 아니라 글로벌 시장에서도 성과를 충분히 거둘 수 있다고 생각한다.

나는 GIA 국제보석감정사로서 인플루언서들과의 협업을 통해 주얼리 상품에 대한 신뢰도를 높이고 고객들에게 전문적인 피드백을 전달함으로써 시너지 효과를 낼 수 있다는 경험을 하였다. 이제는 단순히 품질의 우수성을 알리는 시대가 아니라 감성적인 스토리가 담긴 상품이 소비자들의 마음을 열게 하는 시대가 된 것이다. 앞으로 나는 국제보석감정사로서 보석에 대한 환상적이면서 재미있는 스토리들을 많은 사람들에게 들려주려고 한다. 그리고 주얼리 분야에서 자신의 꿈을 이루고 싶어 하는 젊은이들과 후배들에게 그들의 꿈을 돕는 작은 역할을 하고 싶다.

이제는 국내에서도 GIA 한국 분교인 GIA KOREA를 통해 많은 국제보석감정사들이 배출되고 있다. 이들이 국내 보석업계나 명품 보석 브랜드에서 근무하면서 다양한 경험을 쌓고 노하우를 터득하면서 국제적인 보석 전문가로 성장해 가고 있다. 이러한 영향으로 세계적인 보석 브랜드에도 취업할 수 있는 기회가 생겨나고 있다.

주얼리 분야는 무엇보다 창의적인 아이디어와 섬세한 손기술이 중요한 분야이다. 세계 최고의 도자기로 손꼽히는 고려청자와 조선 백자를 만든 선조의 후예들인 우리들이 잘할 수 있는 분야인 것이다. 안타깝게도 아직까지 우리는 주얼리 분야에서 세계적인 브랜드를 만들어내지 못하였다. 하지만 우리의 젊은 인재들이 관심을 가지고 주얼리 분야에서도 지속적인 노력을 경주한다면 IT나 반도체와 같이 세계적인 명품 브랜드를 탄생시키는 일은 얼마든지 가능한 일이라고 생각한다.

보석은 상상과 판타지의 세계다. 인생을 살면서 많은 삶의 문제들을 직면하게 된다. 이처럼 먹고살기 녹록치 않은 현실 속에서 보석은 우리에게 환상적인 아름다움을 제공한다. 보석이 건네준 아름다움을 경험하는 것은 사막에서 오아시스를 맛보는 것과 같다. 국제보석감정사로서 이러한 상상과 판타지의 멋진 세계를 보다 많은 사람이 일상에서 경험할 수 있도록 하는 일들을 펼쳐보려고 한다. 내 남은 삶이 평범한 일상 속에서 자신의 고유한 빛을 잃어가는 사람들에게 '당신이 바로 보석입니다!'를 외쳐주는 시간이 되기를 진심으로 소망한다.

에필로그

나만의 콘텐츠로
나를 디자인하라!

사람들은 누구나 행복해지길 원한다. 그렇다고 해서 모두가 마냥 행복하게 살 수만은 없다. 일상이 버거운 분도 있으며 삶 또한 내 뜻대로 흘러가지 않는다. 세상에 내가 원하는 것을 완벽하게 준비해놓고 시작하는 곳은 그 어디에도 없다. 내가 원하는 삶은 바로 나 자신이 온몸으로 부닥치며 다양한 경험을 통하여 만들어 가는 것이다. 그러면서 내가 원하는 것을 찾아가는 것이다. 내가 원했던 회사도 막상 들어가 보면 나와 적성이 맞지 않을 수도 있다. 그러나 내가 원하지 않았던 직장도 용기를 갖고 견디다 보면 내가 트레이닝이 되어 설레이는 삶으로 변화되고 생각지도 못했던 기회가 찾아오게 된다.

돌이켜보니 나의 인생이 그랬다. 너무나도 가난해 원하는 것을 할 수 있는 것이 없는 상황이었다. 하지만 나는 내가 가장 잘 할 수 있고 진정으로 좋아하는 '영어'라는 콘텐츠를 잡았다. 그때는 그것이 내 인생 콘텐츠가 되어줄 거라고는 생각도 못했다. 그냥 막연히 촌구석에서 어려운 가정에 태어났으니 세계인들이 가장 많이 쓰는 영어를 잘해두면 좋지 않을까 해서 해두었던 것이다. 그런데 그 영어가 나에게 꿈을 꾸게 하고 기회를 물어다 준 것이다. 토플 점수를 따두었는데 그것이 내 인생을 바꾼 것이다. 나에게 미국보석학회 연수의 기회가 주어졌고 그 결과 나는 국제보석감정사가 될 수 있었다.

인생은 계획대로 되지 않는다. 미래는 어떻게 변화될 지 예측이 불가능하다. 이런 상황에서 자신만의 콘텐츠를 하나 정해 미리 충분히 학습하고 훈련해둔다면 언젠가는 그것이 나에게 놀라운 기회를 줄 수 있다고 확신한다. '나만의 콘텐츠로 나를 디자인하는 것'이 미래를 준비하는 최선의 길이 될 것이다.

지나온 32년 간의 직장인의 길을 가만히 되돌아보면 나는 현실에 안주하며 안정을 꾀하기보다도 새로운 일에 과감히 도전하는 순간들이 더 많았다. 스스로의 성장을 위해 새로운 트렌드에 늘 반응하고 다양한 분야에 호기심과 경험을 갖자. 왜냐하면 새로운 경험은 새로운 콘텐츠가 되고 나를 성장시켜 나간다. 물론 최종적인 선택을 하는 순간에는 가족과의 힘든 협의로 지치기도 한다. 또한 불투명한 미래에 대한 생각으로 잠을 설치는 경우도 많았다. '콘텐츠'는 생각이 아니고 실제 경영의 현장에서 온몸으로 터득한 다양한 경험과 통찰력의 힘이다. 나는 글로벌 기업 대표가 되기 위해 안정적인 대기업 임원을 스스로 그만두고 그 뜻을 이루었다. 이후 환경이 열악한 중견면세점 부사장을 스스로 경험했다. 이 같은 다양한 경험은 은퇴 이후의 새로운 인생을 살아가는 총체적인 자산이 되었다. 그리고 나만의 다양한 콘텐츠가 있으면 내 인생에 끝이라는 단어는 없는 것이다.

남들은 나에게 '어디서 끝없는 열정이 나오느냐?'며 간혹 질문을 한다. 나는 한 번뿐인 삶을 익숙함에 속아 도전을 포기하는 인생이 되는 것을 원하지 않았다. 기업 현장에서도 늘 현장을 확인하며 허심탄회한 소통을 하고자 했다. 세상의 트렌드에 늘 민감하고 창의적인 접근을 하려고 노력했다. 지금은 중견기업의 상임고문을 하며 보석 전문가로서 인플루언서와 플랫폼 사업을 연계한 패션 주얼리 사업의 새로운 영역을 펼쳐나가고 있다.

성공을 추구하기보다는 내가 하고 싶은 일을 하며 살아야 삶의 활력을 찾을 수 있다. 4차 산업혁명의 시대를 맞아 사람들은 '내 손 안의 모바일'을 통해 특정분야에서 즐길 수 있는 일을 찾아서 '평생직업'의 시대를 살아갈 수 있다. 모든 산업의 분야에서 SNS 플랫폼 연결을 통한 생태계의 변화가 빠르게 급변하고 있다. 밀레니얼 세대는 자기가 원하는 직종과 위치에서 자신을 중심으로 '개성 있는 삶'을 추구한다. 나 또한 이런 패러다임의 변화에 발맞추어 후반전 인생을 계속해서 새로운 도전을 할 것이다.

'인생은 속도보다 방향이다.'라는 말이 있다. 살아가면서 때로는 속도가 필요할 때도 있으며 속도를 매우 중요시 여기는 사람도 있지만 내가 가고자 하는 방향이 맞는지가 우선인 것은 틀림없다. 내가 잘 갖추어 놓은 콘텐츠는 나를 올바른 목적지로 안내하는 나침반이 될 수 있다.

개인이나 조직이 시대의 트렌드를 미리 파악하고 전문성있는 콘텐츠를 만들어 가면 당장 내일의 생존을 넘어 자기만의 보석을 발견할 수 있는 그 주인공이 될 것이다.

우리에겐 세계경영이 있습니다

대우세계경영연구회 엮음 | 값 22,000원

『우리에겐 세계경영이 있습니다』는 2012년 출간되었던 『대우는 왜?』의 후속작이다. 누구보다도 먼저, 멀리 나아가 미지의 해외시장을 개척한 과거 대우그룹 선구자들의 놀라운 일화들과 함께, 대우세계경영연구회가 중심이 되어 운영하는 '미래글로벌청년사업가 과정(GYBM)' 청년들의 성공담이 지금도 살아 숨 쉬는 '세계경영의 대우정신'을 보여준다.

메남 차오프라야

경시몬 지음 | 값 20,000원

『메남 차오프라야』는 태국의 민주화운동을 배경으로 전개되는 로맨스 소설이다. 한국과 태국, 서로 국적이 다른 두 사람의 기적적인 인연은 여러 어려움을 겪지만 민주화운동의 성공과 함께 결실을 맺게 된다. 경시몬 저자는 멀면서도 가까운 두 나라 한국과 태국의 역사적인 동질성과 이해에 더 많은 한국인들이 관심을 가져 주었으면 하는 마음으로 이 책을 집필하게 되었다고 밝혔다.

풀잎에도 상처가 있다는데

이창수 지음 | 값 15,000원

이 책 『풀잎에도 상처가 있다는데』는 평범한 일상 속에 존재하는 프레임을 깨는 지적 즐거움을 우리에게 제공해 주는 한편, 끊임없는 경쟁 속에서 지쳐버린 독자들에게 따뜻한 위로를 전달해 준다. 격렬한 경쟁 속에서 수시로 변화하는 이 세상 속 우리 역시 '나무'보다는 '풀잎'에 가까운 존재이기에 당연하게 인식되는 일상과 프레임을 벗어 던진 작가의 따뜻한 시선을 통해 위로받을 수 있을 것이다.

마흔, 인생 2막을 평생 현역으로 사는 법

김은형 지음 | 값 15,000원

현실로 다가온 백세 시대, 당신은 직장 다니면서 퇴직 후 평생 현역 생활을 위한 준비를 해야 한다. 이 책은 퇴직 후에도 평균 40여 년을 더 일해야 하는 현재의 마흔 직장인들이 평생 현역 생활을 위해 준비하는 법과 실천해야 할 원칙들을 제시한다. 이 책이 제시하는 내용을 숙지해 둔다면 당신의 평생 현역 생활을 준비하는 데 훌륭한 길잡이가 될 것이다.

인생 네 멋대로 그려라

이원종 지음 | 값 15,000원

『인생 네 멋대로 그려라』는 리더를 꿈꾸는 젊은이들이 꿈과 성공을 향해 나아갈 수 있도록 '희망, 성공, 행복, 발전, 리더, 조직'이라는 여섯 가지 키워드를 중심으로 '성공'의 진정한 의미와 가치와 대해 이야기한다. 제4회 행정고시를 거쳐 서울시장과 충청북도지사 등 주요 행정직을 역임한 이원종 現 청와대 대통령 비서실장의 삶과 열정, 리더의 모습을 엿볼 수 있다.

음식보다 감동을 팔아라

김순이 지음 | 값 15,000원

책 『음식보다 감동을 팔아라』는 가장 '기본적인' 것부터 지키고 그때그때 상황에 맞는 아이디어로 재치 있게 위기를 극복해내면서, 20년 넘게 외식사업을 성공적으로 이끌어 온 한 CEO의 성공 노하우와 경험담을 담고 있다. 고객은 물론 직원들마저 가족처럼 섬기는 '서번트 리더십'으로 대한민국에서 가장 성공한 음식점 사장님이 된 과정을 생생히 그려내고 있다.

범죄의 탄생

박상융, 조정아 지음 | 값 15,000원

이 책은 대한민국을 떠들썩하게 했던 주요 사건들을 종류별로 면밀히 분석하여 우리 사회의 흉측한 민낯을 통렬히 고발함은 물론 적절한 대응방안과 해결책을 제시한다. 이제 일상은 더 이상 안전하지 않으며 범죄와의 전쟁에서 승리하기 위해 우리 사회와 국민 개개인이 취해야 할 자세는 무엇인지를 짚어 내고 있다.

중년의 고백

이채 지음 | 값 13,500원

『중년의 고백』은 노을이 물드는 가을날 들판을 수놓은 코스모스처럼, 어딘지 수줍은 모습이지만 한편으로는 당당한 중년의 고백들을 담아내고 있다. 이미 제7시집 『마음이 아름다우니 세상이 아름다워라』가 2014년 세종도서에 선정되며 문학적, 대중적으로 실력을 인정받은 시인의 이번 시집은, 전작을 넘어서는 통찰과 혜안, 관능미로 가득하다.

무슨 사연이 있어 왔는지 들어나 봅시다

손상하 지음 | 값 25,000원

전직 외교관이 외교현장에서 직접 겪은 생생한 이야기를 가감 없이 소개하는 흥미진진한 수필집이다. 첩보 영화를 방불케 하는 외교 작전에서부터 우리가 모르는 외교현장의 뒷이야기, 깊은 인간적 비애가 느껴지는 역사의 한 무대까지 저자의 생각과 여정을 따라가다 보면 마치 현장에 와 있는 것만 같은 실감과 함께 세계 속 대한민국의 위치를 돌아볼 수 있는 사색을 제공할 것이다.

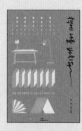

책에 나를 바치다

책·바·침 지음 | 값 16,000원

『책에 나를 바치다』는 책과 사람을 통해 그렇게 꼭꼭 숨겨 놓은 고민을 풀어 놓고, 공감 받고 공감해 주며, 사색과 긍정으로 순화하여 지속적인 성장을 꿈꾸는 사람들의 진솔한 자기고백이자 성장의 일기다. 서로 간에 선한 영향력을 전파하며 발전하는 책·바·침·멤버들의 모습은 극한 경쟁 속에서 지쳐가는 현대 사회의 많은 이들에게 '나도 책을 통해서 변할 수 있다'는 작지만 큰 희망을 선사해 줄 것이다.

그림으로 생각하는 인생 디자인

김현곤 지음 | 값 13,000원

이 책은 급격한 사회변화 속 어려움에 놓인 모든 세대들에게 현재 국회미래연구원장으로 활동 중인 미래전략 전문가, 김현곤 박사가 제시하는 손바닥 안의 미래 전략 가이드북이다. 같은 분야의 다른 책들과 다르게 간단하고 명쾌한 그림과 짤막한 문장만으로 이루어진 것이 특징이며 독자들은 단순해 보이는 내용을 통해 미래에 대한 불안과 혼란에서 벗어나는 것뿐만 아니라 행복한 미래를 설계하는 통찰을 얻을 수 있을 것이다.

부부의 사계절

박경자 지음 | 값 17,000원

'결혼'에 대하여 생길 수 있는 모든 물음에 대한 솔직하면서도 깊은 사유를 담은 에세이이다. 결혼에 대해 답하는 저자의 글을 읽다 보면 결혼이란 단순히 두 남녀의 결합으로 볼 것이 아니라 한 인간의 완성을 향한 구도의 길을 걷게 하는 통과의례가 아닌가 하는 생각이 들게 될 것이다. 또한 결혼과 삶에 대한 진실한 이해를 바라며 한 줄 한 줄 써 내려간 글 속에서 인생과 사랑의 의미를 이해할 수도 있을 것이다.

'행복에너지'의 해피 대한민국 프로젝트!
〈모교 책 보내기 운동〉

대한민국의 뿌리, 대한민국의 미래 **청소년·청년**들에게 **책**을 보내주세요.

많은 학교의 도서관이 가난해지고 있습니다. 그만큼 많은 학생들의 마음 또한 가난해지고 있습니다. 학교 도서관에는 색이 바래고 찢어진 책들이 나뒹굽니다. 더럽고 먼지만 앉은 책을 과연 누가 읽고 싶어 할까요? 게임과 스마트폰에 중독된 초·중고생들. 입시의 문턱 앞에서 문제집에만 매달리는 고등학생들. 험난한 취업 준비에 책 읽을 시간조차 없는 대학생들. 아무런 꿈도 없이 정해진 길을 따라서만 가는 젊은이들이 과연 대한민국을 이끌 수 있을까요?

한 권의 책은 한 사람의 인생을 바꾸는 힘을 가지고 있습니다. 한 사람의 인생이 바뀌면 한 나라의 국운이 바뀝니다. **저희 행복에너지에서는 베스트셀러와 각종 기관에서 우수도서로 선정된 도서를 중심으로 〈모교 책 보내기 운동〉을 펼치고 있습니다.** 대한민국의 미래, 젊은이들에게 좋은 책을 보내주십시오. 독자 여러분의 자랑스러운 모교에 보내진 한 권의 책은 더 크게 성장할 대한민국의 발판이 될 것입니다.

도서출판 행복에너지를 성원해주시는 독자 여러분의 많은 관심과 참여 부탁드리겠습니다.

도서출판 행복에너지 임직원 일동

하루 5분, 나를 바꾸는 긍정훈련

행복에너지

'긍정훈련' 당신의 삶을
행복으로 인도할
최고의, 최후의 '멘토'

'행복에너지
권선복 대표이사'가 전하는
행복과 긍정의 에너지,
그 삶의 이야기!

인터파크
자기계발 분야 주간
베스트 1위

권선복 지음 | 18,000원

권선복

도서출판 행복에너지 대표
영상고등학교 운영위원장
대통령직속 지역발전위원회
문화복지 전문위원
새마을문고 서울시 강서구 회장
전 팔팔컴퓨터 전산학원장
전 강서구의회(도시건설위원장)
아주대학교 공공정책대학원 졸업
충남 논산 출생

책『하루 5분, 나를 바꾸는 긍정훈련 - 행복에너지』는 '긍정훈련' 과정을 통해 삶을 업그레이드하고 행복을 찾아 나설 것을 독자에게 독려한다.

긍정훈련 과정은 [예행연습] [워밍업] [실전] [강화] [숨고르기] [마무리] 등 총 6단계로 나뉘어 각 단계별 사례를 바탕으로 독자 스스로가 느끼고 배운 것을 직접 실천할 수 있게 하는 데 그 목적을 두고 있다.

그동안 우리가 숱하게 '긍정하는 방법'에 대해 배워왔으면서도 정작 삶에 적용시키지 못했던 것은, 머리로만 이해하고 실천으로는 옮기지 않았기 때문이다. 이제 삶을 행복하고 아름답게 가꿀 긍정과의 여정, 그 시작을 책과 함께해 보자.